KB065526

소설 보다: 여름 2022

펴낸날 2022년 6월 23일

지은이 김지연 이미상 함윤이
펴낸이 이광호
주간 이근혜
편집 방원경 김필균 조은혜
펴낸곳 ㈜문학과지성사
등록번호 제1993-000098호
주소 04034 서울 마포구 잔다리로7길 18(서교동 377-20)
전화 02)338-7224
팩스 02)323-4180(편집) / 02)338-7221(영업)
전자우편 moonji@moonji.com
홈페이지 www.moonji.com

ISBN 978-89-320-4029-5 03810

소설 보다

여름

포기 | 김지연
모래 고모와 목경과 무경의 모험 | 이미상
강가/Ganga | 함윤이

2022

차례

포기

김지연

2018년 문학동네신인상을 통해 작품 활동을 시작했다.
소설집 『마음에 없는 소리』가 있다.

전화를 끊기 전 별 기대 없이 어디야? 하고 물으니 민재는 고동이야, 지금 고동에 있어, 하고 대답했다. 고동이라니, 그게 도대체 어딘데, 하고 묻기 전에 민재는 그럼, 잘 지내, 말해버리고는 내 대답은 기다리지 않고 작별 인사를 했다. 하지만 전원 버튼을 잘못 눌렀는지 전화는 끊어지지 않았다. 민재야, 민재야, 불러도 들리지 않는 것 같았고 휴대폰은 이미 주머니 속인지 바스락거리는 소리가 크게 났다. 옆에 누가 있었는지 민재는 그 사람과 대화를 시작했지만 단어의 낱낱을 모두 들을 수는 없었다. 나는 어떤 힌트를 발견하고 싶은 사람처럼 멀게 들리는 소음에 귀를 기울였다. 누가 웃음을 터뜨리는 소리가 희미하게 들렸을 때에야 죄책감을 느끼며 전화를 끊었다. 다시 전화를 걸어볼까 고민했지만 미선 씨, 잠깐만, 하고 나를 부르는 팀장의 목소리에 나중으로 미뤘다.

오후 내내 팀장이 지시한 일을 처리하느라 민재의 일은 잠깐 잊었다. 퇴근 후 엘리베이터에 올라타서 1층 버튼을 꾹 누를 때에야 다시 떠올랐다. 민재는 오랫동안 내 단축 번호 1번을 차지하고 있었고 그건 우리가 헤어진 지금까지도 마찬가지다. 어떻게 해제하는지 방법을 까먹었기 때문인데 찾아봐야지 했다가도 나중으로 미뤄버렸다. 나중으로 미루는 버릇 때문에, 너는 될 일도 안 될 거야. 그렇게 말한 사람은 민재였다. 나를 비난하는 투는 아니었다.

다만 민재는 그 버릇으로 인해 계속 평범하게 사는 것을 감당해야만 한다고 덧붙였다. 그런가. 나중으로 미루지만 않았으면 뭔가 더 특별한 삶을 살 수도 있다는 걸까. 하지만 아무리 생각해봐도 내가 나중으로 미룬 것들은 아주 사소한 것들로 그 일들을 일찌감치 했다고 해서 엄청난 변화가 있었을 것 같진 않았다. 그리고 감당해야 하는 쪽은 평범한 삶보다는 특별한 삶이 아닌가. 그때나 지금이나 나는 민재에 대해 아는 것이 별로 없다.

고동은 아무래도 지명일 터였다. 약속 장소로 향하는 지하철에서 고동을 검색해보았지만 너무 많은 고동이 나와서 민재가 있다는 고동이 어딘지는 여전히 알 수 없었다. 어떤 고동도 서울 토박이인 민재와는 연고가 없는 곳이었다. 대부분의 고동은 로드 뷰로도 확인할 수 없는 산골 마을이었다. 아마 충동적인 선택이었을 것이다. 그렇지 않고서야 난생처음 들어보는 고동 같은 곳에 갔을 리가 없다. 아니면 같이 간 사람이 있는 것일까? 도대체 왜 그런 짓을 한 걸까? 골똘하다가 내릴 곳을 지나칠 뻔했다.

호두는 출구 앞에 서 있다가 나를 발견하고 손을 흔들었다. 늘 지압용 호두 알을 두 개 가지고 다니기 때문에 붙인 별명이었고 마침 본명도 도영호여서 잘 어울린다고 생각했다. 호두는 만나자마자 민재 연락 받았냐? 하고 물었고 나는 고개를 끄덕여놓고는 일단 뭘 좀 먹고 이야기하자고 식당으로 호두를 끌고 갔다.

"그래서, 민재 지금 어디래?"

자동으로 돌아가는 양꼬치 화로에서 눈을 떼지 않으며 호두가 물었다. 밖에 서서 나를 기다리느라 오랫동안 늦가을 바람을 맞고 서 있어서인지 볼이 발갛게 상기되어 있었다.

"요즘엔 다 자석으로 돌아가나 봐. 옛날엔 홈에 맞물려 돌아가는 거였는데. 더 옛날엔 손으로 돌려줘야 했고."

"왜 딴소리야."

"다들 참 열심히 산다, 그치?"

"도대체 뭔 소리냐고."

"고동에 있대."

"그게 어딘데."

"나도 몰라."

호두는 더는 아무 말이 없었다. 폰을 꺼내 고동이 어디인지를 찾아보는 것 같았다. 하지만 나처럼 인터넷 검색만으로는 민재가 있다는 고동이 어딘지 알아낼 수 없을 것이다.

"여기, 이런 데 다 전화해보자. 보니까 다 시골 같은데 민재 같은 애가 나타났으면 동네 사람들도 알겠지."

호두는 고동마을회관의 전화번호를 검색해 내게 보여주었다.

"일단 리스트를 만들어보자. 너 노트북 갖고 왔어?"

호두는 의욕적이었다.

"이걸 다?"

"왜, 바빠?"

나는 고개를 저었다. 금요일 저녁이었고 우리에게 시간은 많았다. 오늘 못 한 일은 내일, 내일도 못 하면 모레 하면 됐다. 월요일부터는 출근을 해야 하니까 못 하겠지만 기다렸다가 다시 또 주말에 하면 된다. 물론 주말마다 쉬지도 못하고 이 미친 짓을 반복해야 한다고 생각하면 머리가 아팠다. 다른 삶을 팽개치고 주말마다 민재만 쫓을 수는 없었다. 호두의 손안에서 호두 알 두 개가 돌아가는 소리가 들렸다. 하루 종일 무언가 그림을 그려대는 호두는 작업을 끝내고 나면 손마디가 쑤시기 때문에 근육을 풀려고 호두 알을 굴린다고 했다.

"일단 먹고 나가서 카페 같은 데서 하자."

내 말에 호두는 호두 알 굴리는 것을 멈췄다. 호두 알을 주머니에 넣고는 젓가락을 들었다. 튀긴 땅콩 한 알을 겨우겨우 집어 입으로 가져가려고 했지만 입속으로 들어가기 전에 놓쳐 테이블 아래로 굴러 떨어졌다. 나는 내 앞쪽으로 굴러온 땅콩을 질끈 밟았다. 신발을 떼자 납작해진 땅콩이 보였다.

가게 안은 왁자지껄했다. 마스크를 쓰고 체온을 측정

하고 방역 패스를 제시하고 통과했으니 더 마음껏 굴어도 된다는 투였다. 아니, 그전에도 식당에서는 다들 크게 거리낌이 없었다. 먹기 위해서는 마스크를 벗어야 했고 입을 크게 벌려야 했고 그때 함께 온 사람과 이야기하는 것까지는 누구도 뭐라 하지 않았다. 나도 마음을 놓았다. 감염될 리가 없다는 생각이 들었다. 딱히 운이 좋다거나 유달리 건강해서라기보다는 그냥…… 점점 무감해진 것 같았다. 일평생을 이렇게 어딘가 갈 때마다 체온 측정을 해야 할지도 모른다는 생각, 새로 만난 누군가와 같이 뭔가를 먹을 만큼 친해지기 전까지는 하관을 보지 못한 채로 살아갈지도 모른다는 생각도 종종 했다. 그런데, 그래서, 그게 뭐……라는 생각이 들 만큼 현실감각이 없어지고 있었다.

가게는 역에서 멀지 않아 열차가 지날 때마다 뎅뎅뎅 울리는 경적이 잘 들렸다.

"너는 너무 태평해."

"애쓰고 있는 거야."

"너네 헤어진 건 맞지?"

나는 바보 같은 질문에는 대답하고 싶지 않아서 물끄러미 호두를 보았다. 호두도 그걸 느꼈는지 얼른 다른 말을 꺼냈다.

"나 양꼬치 처음 먹어본다."

그 말에는 나도 얼른 대꾸할 말이 생각났다.

"뭐? 29년을 살면서 양꼬치도 안 먹고 뭐 했어."

"어릴 땐 몰랐지. 그땐 가게가 많지도 않았던 것 같은데. 대학 때는 그냥 싸구려 술집만 다녔고. 취직해서는 돈 벌기 바빴고, 그리고 또……"

호두는 말을 잠깐 멈췄다. 나는 이어질 말을 알 것 같았다. 괜히 물었다고 생각했다. 이즈음의 대화는 무엇으로 시작하든 민재에 대한 원망으로 끝났다.

"민재 때문이야. 민재가 내 걸 다 가지고 가버려서."

"호두야……"

"네가 미안해할 건 없어. 넌 아무 잘못 없어."

호두는 내가 할 말을 잘 알겠다는 듯 미리 나를 용서해주었다. 하지만 내가 하려던 말은 그런 게 아니었다. 억지 부리지 마. 민재 잘못이 아니야. 고작 양꼬치 하나에도 민재를 핑계 삼지 마. 그게 다 민재 탓은 아니라고. 하지만 그렇게 말할 수가 없었다. 호두가 민재를 알게 된 것은 나 때문이었고 민재에게 2천만 원을 빌려준 것도 민재보다는 나를 믿었기 때문이었다. 그러니까 당연히 내가 해야 할 말은 미안해,였을지도 모른다. 그런데도 그 말은 입에서 나오지 않았는데 호두는 그 말을 이미 들은 셈 쳤다. 매사 지레짐작하는 호두 때문에 우리 사이에는 사과와 용서가 미리 오갔고 다행히 크게 사이가 나빠질 일도 없었다. 그런 식으로 오해가 쌓여서 돈독해졌다. 하지만 그 기반은 오직 오해이므로 어느 날엔가는 우리도 식상한 드라마 속 대사처럼 너답지 않게 왜 그래! 나다운 게 뭔데! 하고 서로 싸우게 되지 않을까. 그런 생각을 하며 나는 고개를 끄덕였다. 맞아, 나는 미안해하지 않을 거다. 나는 아무 잘못이 없다.

잘못한 사람은 민재다. 민재는 여기저기서 돈을 조금씩 빌린 다음 사라졌고 이따금씩 내게만 연락했다. 헤어진 다음이었기 때문에 나는 그 전화를 어떤 의미로 받아들여야 하는지 잠깐 헷갈렸다가 이쪽의 동태를 살필 때 그냥 제일 만만하게 찾을 수 있었던 사람이 나였을 거라는 결론을 내렸다. 우리는 서로에게 빚진 것도 없고 나쁘게 헤어지지도 않았다. 누군가 신고를 했다면 어렵지 않게 민재를 잡을 수 있었을 거라고 생각한다. 휴대폰은 대체로 꺼져 있었지만 내게 전화를 걸 때면 늘 민재의 번호가 떴다. 통장이나 카드도 그대로 쓰는 것 같았다. 경찰에 신고하면 그런 것쯤 쉽게 추적이 가능하지 않나. 하지만 아무도 민재를 신고하지 않았다. 몇십만 원부터 백만 원, 2백만 원씩 그렇게 큰돈을 빌린 것이 아니었기 때문일지도 모른다. 가장 많이 빌려준 사람이 호두였다. 호두도 민재를 신고할 생각은 없었다. 하지만 신고를 않는 것은 액수 때문이 아니라 돈을 빌려준 사람들이 한 번씩 다 민재에게 신세를 진 적이 있었기 때문인지도 모른다. 민재의 자취방에서 거의 반년을 숙식한 사람도 있었다. 그가 빌려준 돈은 15만 원이었다. 호두가 취업이 되지 않아 갈팡질팡하고 있을 때 민재는 게임 회사에 다닌다는 사람을 소개시켜줬고 그게 인연이 되어 취직까지 했다. 게임 캐릭터를 그리는 일이었다. 호두는 일이 힘들긴 한데 마음에 든다고 했다. 그런 신세들 때문에 그들에게 민재는 아직까지 완전히 나쁜 사람은 아니었다. 내게 전화를 걸어 민재가 돌아왔냐고 물어볼 때도 있었지만 돈을 돌려받을 수 있을지 궁금해서라기보다는 그저 민재가 잘 지내는지 확인하고 싶은 것 같았다. 그에 관해서는 나도 아는 것이 없어 아무런 대답을 할 수 없었다. 잘 지내고 있는 걸까? 도대체 왜 그런 짓을 벌인 걸까? 크게 돈이 필요한 것도 아니지 않나? 그러니까 민재는 평소에 그런 기미가 전혀 없었다. 적당히 예의 바르고 웬만한 사람과 두루두루 잘 지내는 사교적인 사람이었고 돈에 쪼들린다는 인상도 없었다. 그래서 다들 의심 없이 돈을 빌려주었을 것이다. 민재는 그 돈을 가지고 잠적해버렸다.

호두에게 신고를 하는 게 어떻겠냐고 넌지시 물은 적도 있었다. 호두는 잠깐 고민하더니 그렇게까지? 하고 되물었다. 그렇게까지 해야 하는 거 아닌가. 하지만 호두는 그렇게까지 할 수는 없다고 말했다. 나는 우리가 할머니와 할아버지에서 아버지와 고모로 이어졌을 유전자를 나누어 받았음에도 닮은 점은 거의 없다는 걸 깨달을 때마다 의아해지곤 한다. 호두의 여자친구 보미는 이런 이야기를 들으며, 성격은 환경이 더 중요하지 않나, 말했다. 하지만 우리는 유년기도 함께 보냈다. 고모가 결혼한 지 10년 만에 이혼을 하고 다시 일을 시작하면서부터 호두는 우리 집에서 살면서 우리 엄마 손에 자랐다. 고모는 보험 일을 하면서 번 돈을 거의 우리 집에 생활비로 바쳤기 때문에 엄마도 큰 불만은 없었던 것 같다. 엄마는 호두를 싫어하면서도 좋아했는데 어쩌면 나보다 공부 잘하고 예의 바른 호두가 너무 마음에 들어서 자신의 친아들이 아니라는 사실이 싫었는지도 모른다. 그런 이야기를 다 들은 후에 보미는 더더욱 같은 환경이었을 수가 없지 않나, 말했다. 호두에게는 내가 있었다는 점이, 나에게는 호두가 있었다는 점이 돌이킬 수 없는 변인이었다. 나는 그런 것들을 다 헤아릴 수는 없었다.

호두 말고도 민재를 찾는 사람이 있었는데 우리 팀장이었다. 지난봄에 팀장은 80쪽짜리 사업설명서를 디자인해줄 사람을 찾고 있었고 내가 민재를 소개했다. 헤어질 작정을 하고 있었을 땐데 그래도 아직 갈팡질팡하는 마음이 있었던 것 같다. 민재는 잘 다니던 회사를 그만두고 외주를 받아 편집디자인 일을 했는데 그즈음에는 들어오는 일이 거의 없었다. 그러고 보면 내색은 않았지만 돈이 없어 고생하고 있었는지도 모른다. 알아차리지 못한 것은 나뿐이었는지도 모른다. 민재의 포트폴리오를 마음에 들어 한 팀장은 그에게 일을 맡겼다. 초안까지는 별 무리 없이 일이 진행되었는데 몇 가지 수정 사항을 요구하려고 했을 때 민재는 이미 사라진 뒤였다. 그때 나도 팀장을 통해 민재가 연락이 되지 않는다는 것을 처음 알았다. 소개한 사람이 나였으니 사과를 해야 했겠지만 그때도 나는 사과하지 않았다. 계약은 두 사람 사이에 일어난 일이었다. 선택은 팀장이 했다. 다행히 민재가 원본을 넘겨주고 갔기 때문에 일은 빠르게 다른 디자이너에게 인계되었다. 그런데도 팀장은 민재를 꼭 찾고 싶어 했다. 민재가 선금으로 작업비를 받은 후에만 일을 하겠다던 주장이 놀랍게도 받아들여진 탓에 수정 세 번을 포함한 비용이 모두 지급되었기 때문이다. 팀장은 그 일부를 꼭 돌려받아야 한다고, 그 때문에 잠도 제대로 못 자고 있다고 말했다. 그래 봤자 백만 원도 안 되는 돈이었다.

"민재 찾아도 돈은 못 받을지도 몰라."

"나도 그럴 거라고 생각해."

호두는 담담히 내 말을 인정했다.

"그럼 찾아서 뭘 하게."

"그냥. 한 대 때려주기라도 하려고."

"그게 무슨 소용이 있어."

아무 소용이 없다. 그런 걸 호두라고 모를 리가 없었다. 돈을 받을 수 없으리라는 것도 호두는 나보다도 먼저 알았을 것이다. 그래서 한 대 때려주는 쪽으로 마음을 정해버렸는지도 모른다. 어릴 때부터 더부살이를 해서인지 호두는 눈치가 빨랐다. 뭐든 나보다 반 박자 빨리 알아챘다. 때문에 나는 청소년기를 보내는 내내 내가 꽤 둔한 사람이라고 생각했는데 커서 보니 나는 무난한 편이었다. 젤 가까운 비교 대상이 늘 호두였던 탓에 나를 오해했던 것이다.

"아프겠지?"

"뭐?"

"내가 민재 때리면 말이야. 민재 엄청 아프겠지."

"넌 힘도 별로 안 세잖아."

"탄다, 먹자. 그냥 먹으면 되는 거야?"

호두는 난생처음이라는 양꼬치를 잘도 먹었다. 나는 호두가 뭐든 잘 먹어서 좋았다. 하지만 그것 역시 오해였는데 호두는 뭐든 필사적으로 먹었을 뿐이다. 고모가 신신당부한 말 때문이었다. 때때로 휴일을 고모와 둘이 보낸 다음 손을 잡고 우리 집으로 돌아오는 길에 고모는 호두에게 늘 이렇게 말했단다. 외삼촌 집에 가서도 어리광을 부리면 아주 멀리 보내버릴 거야. 바다 너머로. 외국으로. 내 생각엔 그건 협박이고 아동학대였는데 호두는 그런 얘기를 할 때도 담담했다.

어떤 종류의 불운 때문이었는지 그렇게 말한 고모도 일찍 죽었다. 호두와 내가 고등학교도 졸업하기 전이었다. 직업에 충실했던 덕분인지 호두 앞으로 꽤 많은 보험금이 남은 모양이었지만 아빠가 주식에 투자하겠다고 가로챘다. 물론 맡아둔다는 명목이었지만 야금야금 써버렸다. 키워준 값을 운운하기엔 호두가 크는 내내 고모는 많은 돈을 우리 집에 보냈다. 그 값들은 그 시절에 다 정산되었을 것이다. 고모의 유산을 아직 완전히 다 날리지는 않은 것 같은데 여전히 호두의 몫도 아니다. 들고 있어봤자 쓰기밖에 더 하겠냐고 아빠가 호두의 결혼 자금으로 묶어두겠다고 한 모양이고, 호두는 아직 결혼 생각이 없다. 호두는 그 돈을 받아서 원룸이라도 구해 나가 살고 싶지만 우리 부모님께 그런 얘기는 하지 못했다. 하지만 집을 나가고 싶어 땀띠가 날 지경인 건 나도 너무 잘 알고 있었고 보증금으로 쓰려고 악착같이 모으던 돈을 모두 잃었으니 돌아버릴 만도 했다. 민재를 찾는 일에 실패하고 끝끝내 돈을 되찾는 일도 가망이 없어 보이면 호두는 우리 부모님 앞에서 그 돈을 돌려달라는 말을 할 수밖에 없을 것이다. 그때는 나도 열렬히 호두의 편을 들 것이다. 애초에 아빠가 먼저 돌려주는 편이 낫겠지만 아빠는 그런 배려를 할 줄 아는 사람이 아니다. 자식한테도 정 붙일 줄을 모르는 사람이었고 돈이라면 조카 것까지 다 빼앗으려고 하는 사람이었다.

양꼬치를 다섯 개쯤 먹을 때까지도 밖은 환했다. 우리는 양꼬치 1인분을 더 추가하고 하얼빈도 한 병 주문했다. 호두는 한 잔만 마셔도 머리끝부터 발바닥까지 새빨개지지만 아무리 마셔도 혀가 꼬이지는 않았다.

"때리면 아프겠지."

했던 말을 하고 또 하는 주사가 있는 줄은 몰랐다.

"때리면 아플 거야. 그치 미선아."

나는 대꾸를 않았다. 호두가 원하는 건 건성으로 하는 맞장구일 뿐이라는 걸 잘 알면서도 그랬다. 나는 가끔 내가 너무 냉정하다는 생각을 하곤 하는데 그건 아빠의 나쁜 점을 쏙쏙 빼닮는 방향으로 자랐기 때문이다. 그 유전자는 고모에게도 갔을 것이다. 호두는 가끔 나에게 넌 우리 엄마 닮았어, 하고 말했다. 그게 왜 호두에게는 안 갔는지 궁금하다.

호두는 한참이나 민재가 갔을 고동을 다 찾아서 전화를 해봐야 한다는 둥, 민재를 만나면 한 대 때려줄 거라는 둥의 이야기를 하다가 끝에 가서는 때리면 아플 거라는 말만 반복했다. 당연하지. 맞으면 아프다. 나는 호두의 머리통을 손바닥으로 살짝 쳤다.

"어때, 아파?"

"안 아프다."

불이 사그라지는 숯을 한 번 갈아달라고 부탁을 해 새 숯에 남은 양꼬치를 모두 구웠다. 뱅글뱅글 돌아가며 앞뒤로 구워지는 양꼬치를 보다가 문득 창 쪽으로 고개를 돌렸는데 밖은 너무 캄캄해서 창에 비친 내 얼굴만 보였다.

"밖에 춥겠지?"

"때리면 아프겠지."

뎅뎅뎅, 하는 소리와 함께 또 열차가 지나갔다. 나는 호두가 민재를 때리지 않았으면 했다.

나는 민재와 한 달간 함께 지낸 적이 있었다. 대학생이었을 때, 민재의 자취방에서였다. 언제까지고 머물러도 된다고 했지만 자취방은 좁았고 잡동사니들로 어수선했다. 겨울 이불도 하나뿐이었다. 다행히 우리 사이가 아주 좋을 때였고 나는 두 달만 신세를 지면 됐다. 겨울방학 동안 알바를 하기로 한 회사가 집과는 너무 멀어서 그나마 좀 가까운 민재네 자취방에서 지내기로 한 것이었다. 부모님도 내가 친구네서 지내겠다 하니 별말 없었다. 우리는 사소한 일에서 자주 부딪쳤다. 왜 먹고 난 다음 설거지를 바로 하지 않는지 바닥에 떨어진 머리카락을 왜 눈에 보이는 대로 치우지 않는지 다 마른 빨래를 왜 건조대에서 걷지 않고 내버려두는지 다 쓴 휴지를 왜 새로 채워놓지 않는지 등 주로 청소와 관련된 문제였다. 나는 설거지가 쌓여 있는 건 참을 수 없었지만 머리카락은 그럭저럭 참을 만했다. 민재는 그 반대였다. 그럼에도 설거지를 많이 만드는 건 민재고 머리카락을 많이 흘리는 건 나라서 서로를 조금씩 미워하게 됐다. 그런 식으로 우리의 인내심이 바닥나기 전에 나는 그 집을 나왔다.

그런 사소한 것만 빼면 민재는 나와 지내는 게 좋다고 했다. 좁은 집에서 한 이불을 덮고 자는 것이 불편할 만도 한데 민재는 좋다고 했다. 왜 좋은지 그 이유도 상세히 설명해주었다. 나는 민재가 해주는 세세한 설명을 들으면서 왠지 말이 안 되는 이유들도 납득해버리게 되는 순간이 좋았다. 그때 민재가 설명해준 이유는 이랬다. 혼자 잘 때면 자기도 모르게 이불을 뒤집는다고 했다. 분명 가지런히 덮었는데 아침에 깨고 보면 겉면을 덮고 있다든가 머리 쪽이 발 쪽으로 가 있든가 한다는 것이다. 별거 아닌 일이었지만 그때마다 짜증이 났다. 옷을 뒤집어 입은 것처럼 성가시고 신발의 좌우를 바꿔 신은 것처럼 밤새 불편한 것도 같았다. 그것은 가짜 기억인지도 모른다. 잠들었을 때는 몰랐다가 아침에 뒤집힌 이불을 확인한 다음에야 떠오르는 불편이었으니까. 민재는 둘이서 한 이불을 덮고 자면 그런 일이 없다는 것을 내 덕에 처음으로 알았다. 그게 좋다고 했다. 그 이야기를 들은 뒤로 나는 이불의 가지런함을 더 신경 썼다. 아침에 눈을 뜨면 이불이 바로 되어 있는지 뒤집히지 않았는지 프릴의 위치가 올바른지를 살펴보았다. 언제나 예외 없이 똑발랐고 오늘도 민재는 내가 좋겠구나 안심이 됐다.

하지만 민재가 제외해버린 사소한 것들은 함께 사는 두 사람 사이에서는 도저히 뺄 수가 없는 것이어서 몇 번씩이나 얘기하고 다투면서 서로를 고쳐보려고 했지만 잘 되지 않았다. 별것도 아닌데도 견딜 수가 없었다. 우리는 잘 맞지 않았다. 우리가 계속 만났다면 결국 누군가가 체념해야 했을 것이다. 그것은 아무래도 내가 됐을 것이고 그 체념들은 어디 안 가고 내 안에 차곡차곡 쌓여 있다가 이상한 일로 폭발해버릴 것이다. 민재는 왜 내가 사소한 일에 화를 내는지 이유를 알아차리지도 못할 것이다. 그건 애초에 체념한 내 잘못이다. 체념하는 대신 미워하면서 헤어졌어야 했는데. 나는 그렇게 생각해버릴 수밖에 없었고 어느 날 같이 자고 일어난 다음에 어째서인지 이불이 뒤집힌 것을 보고는 민재와 헤어져야겠다고 결정했다. 그러면서도 당장 말하지는 못했는데 우선 민재가 일 때문에 바빴고 그다음엔 내가 바빴다. 민재의 할머니가 돌아가셨고, 그것과 연관된 일인지 민재는 이사를 했다.

정신없는 일들이 모두 끝난 다음에 민재를 만나서 헤어지자고 말했을 때, 민재는 혹시 이것도 나중으로 미룬 일 중 하나냐고 물었다. 나는 솔직히 그렇다고 대답했다. 민재는 역시 넌 그 버릇 때문에 될 일도 안 된다며 희미하게 웃었다. 그때는 그게 무슨 의미인지 알 수 없었다. 그 며칠 전에 호두를 만나 돈을 빌렸다는 것, 망설이다가 미선이 남자친구니까 빌려준다며 호두가 돈을 건넸다는 것을 그때는 몰랐다. 호두는 왜 내게 묻지도 않았던 것일까. 자존심 때문에, 남자끼리 하는 부탁인데, 그런 말들 때문이었다고 한다. 나는 정말 그런 게 지긋지긋했다. 민재와 헤어졌다는 사실 역시 미루고 미루다가 민재가 사라진 다음에야 호두에게 알려줬는데 그때 호두의 이야기를 듣고 민재가 한 말이 무슨 뜻인지 알았다. 나는 나중으로 미루는 버릇 때문에 될 일도 안 될 것이다. 그로 인해 평범하게 사는 것을 감당해야 한다. 내가 상상한 평범한 삶이라는 건 웬만한 게 다 충족된 삶이었다는 것도 나중에 깨달았다. 집이 있고, 차가 있고, 1년에 한두 번 해외여행을 가고, 함께 갈 애인이나 친구나 가족이 있고, 그런 게 평범한 거 아닌가 생각했었다. 그런 게 평범하던 시절도 있었는지 모르겠지만 더 이상은 아니었다. 그건 아주 어렵게 얻을 수 있는 특별한 삶이었다. 내가 평범하게 산다는 거, 보통의 수준으로 산다는 거, 하고 말하면서 상상했던 수준들도 다 보통 이상의 것들이었다. 민재가 말한 평범한 삶이란 불운과 함께하는 삶이었다. 살면서 한두 개의 불운이란 게 없을 수가 없으니까 그거야말로 평범했다. 평범하게 살고 싶다고 함부로 말하지 말아야지, 그날 호두가 민재의 휴대폰으로 끝없이 통화를 시도하다가 끝내 울어버리는 것을 보고 그런 생각을 하고 말았다.

연거푸 맥주 세 병을 마신 호두는 민재를 찾기 위해 전화할 곳의 리스트를 만들자는 계획은 잊어버린 것 같았다. 대신 검색해서 나온 전화번호로 닥치는 대로 전화를 걸기 시작했다. 여보세요. 거기 고동이죠? 민재 있나요? 민재 몰라요? 제 사촌의 남자친구, 아니 전 남자친구인데 제 친구이기도 하고, 제 돈을 2천, 아니, 그러니까 민재가 있나요, 없나요? 없다고요? 정말 없다고요? 왜 없어요? 거기 고동인데 민재가 왜 없어요? 나는 호두의 전화를 참고 듣다가 세번째의 통화에서 휴대폰을 빼앗았다. 돌려달라고 잉잉거리는 호두에게 나중에 정신 차리면 주겠다고 말하고 내 가방에 넣어두었다. 호두는 아직 전화할 데가 많은데, 중얼거리면서 남은 양꼬치나 먹었다.

호두는 양꼬치를 다 먹은 다음 집에 들어가기 전에 술을 깨야 하니까 좀 걷자고 말했다. 미세먼지가 심한 날이어서인지 생각보다 그리 춥지는 않아서 우리는 외대 앞 역의 철로를 건너 천천히 외대까지 걸어갔다. 외대 운동장을 한 바퀴 돌고 난 다음에 집으로 가려고 했는데 호두는 그래도 술이 안 깼다고 해서 의릉까지 또 걸었다. 의릉까지 가는 길은 어둡고 낡고 낮고 작은 건물의 술집들이 많아서 밤에 혼자 걸어본 일이 없었다. 호두는 점점 술이 깨기는커녕 더 취기가 오르는지 때리면 아프겠지, 같은 말들을 반복했고 나와 걸음을 맞춰 걷지도 않았으며 지나는 사람에게는 일부러 어깨를 부딪치려는 것만 같았다.

“길이 좁아서 그래.”

의릉에 도착해서는 안에 들어가겠다고 우겼다. 나는 마음대로 하라고 한 다음에 의릉 앞 작은 공원의 벤치에 앉아 있었다. 어두웠는데도 산책을 나왔는지 사람들이 제법 있었고 대부분은 노인이거나 개를 기르는 사람이었다. 나는 내게 다가와 내 구두에 코를 대고 킁킁거리는 치와와 한 마리를 쓰다듬어주었다. 주인은 보이지 않고 목줄은 벤치에 묶여 있었다. 나중에 보니 근처에서 줄넘기를 하던 사람이 주인이었다. 그는 자기 몫의 운동을 마친 다음 치와와를 쓰다듬는 내게 눈인사를 하고 치와와를 끌고 갔다. 문득 돌아보니 호두가 보이지 않았다. 전화를 걸었더니 내 가방 안에서 벨 소리가 울려서 나도 참 바보다 싶었다.

나는 계속 기다릴까 찾으러 갈까를 두고 벤치에 앉아 고민했다. 그사이에 온갖 개들이 내게 다가왔다가 주인의 손에 이끌려 사라졌다. 다들 개를 키우네, 개가 참 많다, 개는 참 좋지. 나도 빨리 독립해서 개를 키우고 싶다는 생각이 드는가 하면 부모 집에 붙어 있을 수 있을 때까지 붙어 있어야 한다는 생각이 들었다. 한참 개 구경을 하고 있자니 공원 앞에 있던 작은 가게가 영업을 마친 듯 불을 껐다.

그제야 나는 자리에서 일어나 의릉 쪽으로 갔다. 호두가 의릉 안에 들어가지는 않았을 것이다. 정확히는 몰랐지만 모든 유원지는 6시가 마감이었다. 거기에서 일하는 사람들도 퇴근을 해야 하니까 특별한 일이 아니라면 마땅히 그래야 한다고 생각했다. 그러니까 정상적인 방법으로 들어갈 수 없을 것이다. 정상적인 방법이 아니라면 들어갈 수 있다.

나는 능 입구 주변을 한참 서성였다. 호두가 혹시 다른 데 쓰러져 있진 않나 하고 구석구석을 살펴보기도 했다. 혹시 먼저 택시를 타고 집에 간 것은 아닐까 싶어 집에도 전화를 해보았다. 이제 들어갈 거야, 말하니까 엄마가 영호랑 같이 있니? 하고 물어서 나는 그렇다고 해버렸다. 어디 가서 호두를 찾아야 하나, 호두는 사라진 걸까, 보미한테 전화를 걸어볼까, 주저할 때 문자가 왔다. 민재였다.

— 호두 좀 말려.

뭘 말리라는 것일까. 의아해하며 의릉 안을 슬쩍 들여다보았을 때 검은 그림자가 그 안을 뛰어다니는 것이 보였다.

매표소에는 사람이 없었고 의릉으로 들어가는 문은 닫히지 않은 채였다. 얼핏 보면 완전히 닫힌 것 같았는데 사람이 지나갈 만한 틈이 있었다. 그 틈으로 몸을 구겨 넣어 안으로 들어가보니 미친개처럼 능 주변의 잔디 위를 뛰어다니고 있는 호두가 보였다. 들어가면 안 되는 거 아닌가 싶었지만 호두를 잡아야 하니까 어쩔 수 없었다. 모든 책임을 호두에게 전가하고 호두를 쫓아 나 역시 뛰기 시작했다.

"안 돼, 호두야! 이리 와."

술에 취한 호두는 잘 뛰지도 못했지만 하도 예상 밖의 방향으로 달려가서 잡힐 듯 잡히지 않았고 나 역시 호두를 잡고 싶기도 했고 아니기도 했다.

"호두야, 제발. 미친 짓 그만하고 이리 와."

우리가 한참을 잔디 위를 휘젓고 다닐 때 능 위쪽에서부터 사람 그림자 하나가 나타나 우리 쪽으로 내려왔기에 나는 얼어버렸다. 짧은 머리의 남자였다. 공익근무요원 같은 제복을 입고 있는 것도 같았다. 아마도 관리인이 아닐까 싶었는데 나는 우리가 쫓겨날 것이라고 생각했다. 벌금을 물게 될지도 몰랐다. 하지만 그는 천천히 걸어서, 달려가는 호두의 길을 막지 않도록 잠시 멈춰 서기도 한 다음에 입구로 걸어갔다. 밖으로 나가는 그를 보고 있을 때 호두는 지쳐서 잔디 위에 쓰러졌다. 나는 마침내 호두를 잡을 수 있었다. 호두를 일으켜 세우려고 했는데 술에 취해서 내가 감당할 수 있는 무게가 아니었고 호두는 오히려 대자로 뻗어버렸다.

"호두야, 일어나. 방금 지나간 사람 못 봤어? 우리 곧

쫓겨날 거야.”

“저 사람이 문 열어줬어.”

“저 사람이 누군데?”

“글쎄, 여기 직원인가. 들어가도 된댔어. 한 번쯤은 누가 야밤에 여기를 휘젓고 다니면서 고성방가하는 걸 보고 싶었대.”

“너, 소리는 별로 안 질렀잖아.”

내 말이 끝나기가 무섭게 호두는 소리를 질러댔다. 별안간 웃음이 터졌다. 에라이 모르겠다 싶어 나도 호두 옆에 누웠다. 까슬까슬한 잔디가 목덜미에 닿았다. 고기 냄새가 밸까 봐 가방에 넣어두었던 목도리를 꺼내 얼굴을 덮었다. 쯔쯔가무시에 걸리면 어쩌지 잠깐 걱정했는데 나도 술을 아예 안 마신 건 아니어서 점점 더 에라이 모르겠다라는 심정이 되어 호두와 같이 소리를 질렀다. 호두는 노래도 불렀다. 안녕하신가요 요즘 밤에 잠을 잘 못 자는 것 같네요 오늘 하루는 어땠어 우린 더 잘될 거야 바빠도 건강해야 돼. 호두는 정말 노래를 못 불렀다. 나는 호두의 노래를 듣고 웃다가 또 소리를 질렀다. 호두의 노래도 점점 이상한 괴성이 되었다. 우리는 금세 지쳐서 아무 소리도 안 내고 숨이나 쉬면서 가만히 누워 있었다. 사방에 빛이 너무 많아서인지 밤하늘은 그다지 깜깜하지 않았고 별도 안 보였다.

"호두야, 우리 이렇게 누워 있어도 될까. 오늘 미세먼지 나쁨이던데."

"그럼 그렇게까지 나쁘지 않은 거잖아."

그것도 틀린 말은 아니었다. 늘 매우 나쁨이거나 최악이거나 했으니까. 나쁨 정도야 감당할 수 있지. 내가 호두의 말에 설득되어 고개를 끄덕이며 공기를 맘껏 들이마시고 있을 때 호두가 가만히 잠꼬대하듯 말했다.

"믿을 수 있다고…… 믿었어. 친구니까."

"배신은 원래 친한 사이라서 가능한 거잖아."

내 말에 호두는 웃었다. 씨발, 하고 욕도 했다. 나는 목도리로 호두의 얼굴을 덮어버렸다. 호두는 그걸 치우지 않고 가만히 있다가 으아아악으악 박민재 개새끼! 소리를 질렀다. 목도리 때문에 소리가 멀리 퍼져나가지는 않고 웅웅 울렸다. 답답해 보여 목도리를 치워줄까 했는데 호두가 붙들고 놓지 않았다. 호두는 내 목도리를 입에 악물고 최대한으로 소리를 질렀다. 한참을 으악으아악 소리를 지르고 있을 때 다른 소리가 끼어들었다.

"이제 그만해요."

언제 다가왔는지 아까 지나갔던 사람이 우리 곁에 서 있었다. 그는 그렇게만 말하고 다시 돌아갔다. 우리도 몸을 일으켜 집으로 가기로 했다. 택시를 탈까, 했는데 호두가 여전히 걷고 싶다고 말해서 우리는 집까지 천천히 걸어갔다.

다음 날 호두는 자신이 아끼는 호두 알을 잃어버렸는데 혹시 어디서 흘린 것일지 짐작이 가느냐고 문자를 보내왔다. 지금 어디냐고 물으니 잠시 뒤 똑똑 하고 호두가 내 방문을 두드렸다.

"들어와."

문을 열고 들어온 호두는 잠에서 덜 깨 여전히 침대 위에 누워 있는 나를 벽 쪽으로 밀어붙이고 내 옆에 드러누웠다.

"호두 알, 못 봤어?"

"못 봤는데. 의릉에서 흘린 거 아냐? 난 목도리 잃어버렸어."

"아, 그런가. 찾으러 가야 되나."

"그걸 찾으러 간다고? 그냥 새로 사. 내가 사줄게. 목도리도 싸구려야. 새로 사면 돼."

"그거 모형 아니고 생호두인데."

"그럼 그냥 아무거나 사면 되겠네."

"잔디밭에서 흘렸을까?"

"그렇지 않을까? 너 진짜 미친 애처럼 뛰어다녔어. 오만 고동에 다 전화할 기세였고."

나는 민재에게 받은 문자도 보여주었다.

— 호두한테 전화 그만하라고 해.

나는 호두가 그 문자를 보면 당장 자신의 통화 내역을 뒤져 또다시 전화를 할 거라고 생각했다. 호두가 전화한 곳 중 한 군데에 민재가 있다는 명확한 증거였으니 말이다. 그런데 호두는 문자를 물끄러미 보고는 내게 폰을 돌려주었다. 그리고 딴소리를 했다.

"그거 거기서 자라면 어떡하지."

"뭐가?"

"호두."

"그럴 리가 있냐."

나는 웃었다. 호두에서 어떻게 호두가 자라, 하는 생각에서였는데 호두에서 호두가 자라는 건 당연한 일이었다. 침대에 누운 채로 '호두 싹' 하고 휴대폰으로 검색을 해보니 호두가 지압을 하려고 들고 다녔던 그 호두로 싹을 틔운 사람들의 글이 쏟아져 나왔다.

"진짜 자라면 어떡하지."

"웃기겠다. 어느 날 의릉 잔디밭 한가운데서 호두나무가 자라기 시작하는 거야."

우리는 웃으면서도 아마 자주 잔디를 관리할 테니 호두가 싹을 틔운다고 해도 금세 뽑혀 나갈 것이라고 결론을 지었다. 하지만 어제 만난 그 사람과 이야기가 잘되면 제법 자랄 때까지 내버려둘지도 모른다고 호두가 말했다.

"그 사람 되게 따분해 보였거든."

"그냥 평범해 보이던데."

"그게 그거 아냐?"

"그런가."

그건 아주 같기도 하고 아주 다르기도 했다. 왜 그런지 민재였다면 아주 세세한 이유를 댈 수 있었을 것이다. 그런 면에서 민재는 평범하지 않았다. 하지만 모두의 돈을 가지고 도망쳐버렸다는 점에서 결국 평범했다.

"고동에 또 전화할 거야?"

"고동이 어딘데?"

"민재 있는 곳."

"그게 어디 고동일 줄 알고."

"어제 전화한 곳 중 한 군데 아냐?"

"글쎄, 그렇게까지?"

호두는 어제 자기가 한 이야기는 다 잊은 것 같았다. 우리는 남은 주말에 이불 빨래를 하며 보냈다. 잘 마른 이불은 이불장에 넣고 겨울에 쓸 두툼한 이불을 꺼냈다. 이제 완연한 겨울이었다. 월요일에 호두는 민재에게 사기죄로 신고하겠다고 문자를 보냈다.

*

호두는 집을 나갔다. 보미가 보증금을 내고 호두가 월

세를 내기로 했다. 하지만 둘 사이는 오래가지 못했다. 대신 헤어진 다음에도 그 집에서 2년 계약 기간을 채우며 함께 살았다. 보미는 다니던 회사를 그만두고 잠시 쉬고 있을 때라 월세를 낼 여력이 안 됐고 호두는 다른 집을 구할 보증금이 없었다.

"영원히 함께하자는 말 같은 건 아무짝에도 쓸모가 없고 우리가 구둣방에서 사이좋게 파 온 도장을 들고 부동산에 나란히 앉아 찍은 계약서 한 장만 쓸모가 있었어."

호두는 술에 취해서 중얼중얼했다. 호두는 술을 마실 때마다 주사가 바뀌었다. 나는 그 계약서를 본 적이 있다. 시작하는 날짜와 끝나는 날짜가 명시되어 있고 그 기간 동안의 가격이 명쾌하게 드러나 있는 계약서였다. 호두는 민재와도 연락했다고 했다. 매달 얼마씩 갚겠다는 각서를 쓰고 공증까지 받은 우편을 주고받았다. 공증을 받지 않는 각서는 크게 효력이 없기 때문에 어쩔 수가 없었다.

"그렇게까지?"

내가 묻자 호두는 고개를 끄덕였다. 지압용 호두는 모형으로 바꾸었다. 다음에 잃어버리면 어디에서 또 자라는 게 아닐까 걱정하고 싶지 않기 때문이라고 했다. 민재가 보낸 편지에는 고동리라는 주소가 씌어져 있었다. 호두도 나도 '리'라는 단위의 행정 주소가 아직 남아 있는지 몰랐다. 호두도 나도 모르는 게 너무 많았다. 해가 쌓이며 알게 되는 거라곤 모르는 게 또 있었다는 사실뿐이었다. 의릉에서는 호두나무가 자란다는 소식이 없었다. 다음에 찾아갔을 때는 그 직원을 만나지 못했다. 어쩌면 직원이 아니었던 게 아닐까. 호두와는 그런 이야기를 주고받았다. 아빠는 호두에게 약속한 결혼 자금을 반만 돌려주었다. 나머지는 진짜 결혼할 때 주겠다고 했다. 고모가 그렇게 하라고 유서를 남겼기 때문이라는데 사실인지는 알 수 없었다. 아빠는 이미 고모의 유언 중 반을 어겼는데 완전히 다 어길 수는 없다고 했다. 이렇게 자기 하고 싶은 대로 하는 걸 보면 아마 그런 유서는 없을 것이라고 우리는 생각했다. 진짜 제멋대로지, 진짜 싫다, 그런 얘기를 주고받았다. 호두는 아빠에게 그거 공증받은 유서냐며 자기에게도 보여달라고 했다는데 아빠는 그 말을 듣고 뒷목을 잡았지만 엄마는 이제 호두도 다 커서 자기 앞가림을 하는 애가 됐다며 깔깔 웃었다.

민재는 착실히 호두의 돈을 갚고 있다. 그 돈이 어디에서 나오는지는 호두도 나도 몰랐다. 그렇지만 갚고 있으니 됐다,고 했다.

"돈이 제일인 세상에서 그거만큼 확실한 안부 인사가 어딨어."

가끔 하루 이틀씩 늦고, 어쩌다 일주일, 때로 보름이 늦을 때도 있지만 안부 인사는 계속되었다. 호두는 쓸데없는 걱정도 했다.

"민재가 다 갚으면 어쩌지?"

"뭘 어떡해. 고기 파티 하러 가자. 양꼬치 실컷 먹자."

"그때는 민재가 잘 지내는지 어떻게 알지?"

그때는 알 수 없을 것이다.

"그럼 나중에는 매달 천 원씩만 갚으라고 해."

민재의 완납을 영원히 나중으로 미뤄버리며 안부를 확인할 수도 있다.

"다 갚고 나면 만날 수 있지 않을까?"

"민재 만나고 싶어?"

호두는 잘 모르겠다고 말했다.

"전처럼은 못 보겠지? 하긴 너랑도 헤어졌고."

나는 민재를 다시 보고 싶지는 않았다. 아무래도 상관없었다. 그런데도 나는 민재가 호두에게 보낸 편지에 씌어진 주소로 한 번 찾아간 적이 있다. 마치 다른 연대인 것처럼 여겨지는 시골이었고 그런 곳에 민재가 있다는 것이 믿어지지 않았다. 민재는 만나지 못했다. 고동은 생각보다 큰 곳이었다. 민재와 만날 약속을 하고 간 것도 아니었고 전화를 걸어볼까 했지만 관두었다. 민재가 여전히 고동에 있는지도 알 수 없었다. 그냥 고동이라는, 난생처음 들어보는 이름을 가진 장소에 가보고 싶었고, 가봤으니 됐다.

남몰래 우려했던 대로 민재의 안부 인사는 완납되기

전에 끝이 났다. 민재 쪽에서 아무런 통보도 없이 일방적으로 끊은 것이었다. 이번엔 좀 많이 늦나 봐, 생각했던 호두는 두 달 세 달 소식이 없자 또 배신당한 기분이었지만 이번엔 그냥 포기해버렸다. 그건 정말 원하지 않던 포기였다. 하지만 해야만 했다.

나는 요즘도 간혹 아침에 눈을 뜨면 이불이 제대로 되어 있는지 확인한다. 그때마다 나는 혼자 잠자리에 들어도 이불을 뒤집는 일이 없는 인간이라는 것을 새삼 깨닫는다. 이불을 개면서는 더는 만나지 않는 친구가 어디에서 무엇을 하며 살아가고 있는지 잠깐씩 궁금해한다. 아무한테도 말할 수 없었던 사정은 조금 나아졌는지, 모두에게 상처를 주며 잠적해야만 했던 일에서는 벗어났는지, 무슨 일을 하며 사는지, 잘 지내는지, 건강한지, 아픈 덴 없는지, 아무리 고심해봐도 나로서는 그런 질문들에 답을 내릴 수 없고 그 답을 알 수 있을 사람들 몇몇이 그의 곁에 있기를 바랐다가도 이내 그렇게까지 할 필요는 없다고 생각하고 고개를 저어버린다.

● 소설 속에 등장하는 노래 가사는 위아더나잇의 「서로는 서로가」에서 빌려 왔다.

인터뷰

김지연 × 이희우

이희우 작가님의 근황에 대한 질문으로 인터뷰를 시작하고 싶습니다. 얼마 전에 단편집 『마음에 없는 소리』(문학동네, 2022)를 출간하셨어요. 그리고 책이 출간되기도 전에 이 소설을 발표하셨는데요(저는 「포기」를 읽고 나서 책을 구해 읽었지만, 작가님은 아마 책의 원고를 마무리한 뒤에 이 소설을 쓰셨겠지요). 책이 출간되고 난 후 무언가 달라진 것이 있는지 궁금해요. 그리고 소설 쓰기와 다른 일들로 바쁘실 텐데 시간 관리를 어떻게 하시는지도 궁금합니다.

김지연 책이 출간되고 나서 크게 달라진 점은 없는 것 같아요. 연락이 뜸하던 친구들과 아주 오랜만에 연락을 주고받게 된 점이 변화라면 변화입니다. 시간 관리는…… 거의 못 하고 있는 것 같습니다. 닥쳐오는 일부터 최대한 해내자는 마음으로 하고 있습니다.

사실 「포기」는 오래전에 초고를 마친 소설이었어요. 저는 이 소설이 심심하다는 생각을 하고 있었는데 민재와 영호, 미선에 대해서는 종종 생각했습니다. 퇴고를 하면서 결말 부분을 조금 바꾸었는데, 조금이라고는 하지만 전과는 완전히 다른 결말이 된 것 같기도 합니다.

이희우 작가님의 소설에는 종종 마지막까지 해명되지 않는 문제가 있는 것 같아요. 이 소설에서는 민재의 행방과 안부가 그런 것이겠지요. 잠깐 연락이 닿았던 민재가 다시 사라지자,

미선과 호두는 아예 그를 찾으려는 생각을 포기해버립니다. 그래서 이 소설이 말하는 '포기'는 문제를 남김없이 규명하려는 의지의 체념으로 보이기도 합니다. 화자인 미선이 굳이 모든 것을 밝히려들지 않으니 독자에게도 영영 알 수 없는 문제가 남게 되는데, 거기서 비롯되는 정서적 울림이 있는 것 같아요. 제 경우를 말해보자면, 소설을 읽기 전보다 아주 약간 더 어른이 된 것 같은(?) 슬픈 여운이 남았습니다. 반대로, 쓰는 입장에서 이런 문제가 어떻게 경험되는지도 궁금합니다. 문제의 해답이 설정되어 있지만 감추게 되는지, 아니면 작가에게도 영영 알 수 없는 문제로 남는지. 얼마나 밝히고 얼마나 감출지를 결정하고 이야기를 시작하시는지, 아니면 이야기를 쓰다가 '이 정도면 충분하다'는 결정이 내려지는지 묻고 싶어요.

김지연 가끔은 소설에 나오는 인물들의 전사나 비밀 들도 작가가 모두 알고 있어야 한다고 생각하기도 합니다. 소설에서 밝히지 않더라도 그것을 알고 쓰는 것과 모르고 쓰는 것은 분명 다른 분위기를 만들어내기도 하고 소설의 전체적인 맥락에도 영향을 미친다고 생각하기 때문입니다.

하지만 이 이야기는 미선의 시선에서 진행되었고 미선이 모르는 것은 작가인 제가 모르고 있어도 괜찮다고 생각했습니다. 미선도 저도, 또 읽는 독자들에게도 민재의 사정에 대한 막연한 짐작 같은 것은 있었을 거라고 생각합니다. 이 소설에서는 그 정도면 충분하다고 여겼고 굳이 밝힐 필요도 없다고 생각했어요. 민재의 사정이 무엇이었는지 알고 싶은 마음, 하지만 도통 알 수 없었고 결국은 모르는 채로 있기로 한 마음까지 미선과 공유한다는 생각으로 썼습니다. 누군가가 감추려고 한 일에 대해서는 끝까지 파헤치지 않는 것이 나름의 예의라고 생각했는지도 모르겠습니다.

저는 모든 것을 촘촘히 설계하고 쓰는 타입은 아닙니다. 이야기를 시작할 때 머릿속에 그려놓은 대강의 줄거리와 결말이 있기는 하지만요. 이 이야기도 첫 문단을 쓸 때까지는 어떤 장면으로 끝맺음을 하게 될지 구체적으로 그려지지는 않았어요. 어떠어떠한 일이 벌어졌는데 그 내막이 무엇일지, 등장인물들은 어떤 선택을 하게 될지 함께 알아가보자는 마음으로 쓰는 쪽에 가까운 것 같습니다. 그러면서 저 역시 새로운 발견을 하게 되기도 하고 어떤 건 여전히 모르는 채로 남아 있게 되기도 합니다. 제가 알게 된 것을 소설을 통해 독자들과 공유하기도 하지만 꼭 필요한 정보가 아니라고 생각되면 생략하기도 합니다.

이희우 ‘평범함’에 대한 이런저런 생각을 이어가는 가운데, 미선은 자신이 상상해온 평범한 삶, 말하자면 중산층의 삶이 보통 이상의 것이었다고 생각하게 됩니다. “집이 있고, 차가 있고, 1년에 한두 번 해외여행을 가고, 함께 갈 애인이나 친구나 가족이 있고, [……] 그런 게 평범하던 시절도 있었는지 모르겠지만 더 이상은 아니었다.” 이 대목에서, 생존경쟁에 내몰리면서 많은 것을 체념하게 된 청년 세대를 지칭하는 말로 사용되었던 '3포 세대' '5포 세대' 같은 말들이 떠오르기도 했어요. 최근에는 그런 말들의 남용이, 사람들의 고통을 단순하게 범주화한다는 점에서 그 자체로 고통의 일부라는 생각도 들었습니다.

반면 이 소설에는 사람들을 세심하게 염려하는 따뜻한 생기가 함께 있어요. 민재가 자신한테 맞으면 아파할까 걱정하는 호두처럼요. 그래서 이 소설이 다정한 위로처럼 느껴지는 한편, 소설에서 말하는 '포기'가 더욱 애틋하고 마음 아프게 느껴지기도 했습니다. 미선의 말마따나 "평범한 삶이란 불운과 함께하는 삶"이고, 그러한 사실을 체념해가는 과정이라면, 이러한 포기와 체념이, 말하자면 어른이 되어가는 과정에서 어쩔 수 없는 일일까요? 아니면 상황이 나아지면 극복될 수 있는 감각일까요? 오늘날 많은 사람이 느끼는 '포기의 감각'에 대해 작가님은 어떻게 느끼고 생각하시는지 궁금합니다.

김지연 불운이 없는 삶이란 가능하지 않기 때문에…… 그런 크고 작은 일들이 계속 일어날 것이고 그것과 함께 살아야 한다는 것 역시 저에게는 지극히 당연한 일처럼 느껴집니다. 그것들을 모두 겪고 받아들이고 난 다음에 어떻게 그것들을 극복할 수 있는가가 문제가 될 텐데요…… 어떻게 극복될 수 있는지는 잘 모르겠습니다.

앞선 질문에 대한 답변에서 잠깐 이야기했지만 이 소설에서 민재의 행방을 끝내 밝히지 않기로 한 데에 대해서 또 다른 이유를 들어볼 수 있을 것 같은데요. 첫째로는 민재의 의지가 가장 많이 반영되었기 때문이고 둘째로는 호두와 미선이 민재의 의견을 받아들였기 때문입니다. 경찰서에 찾아가거나 하는 대신 더는 안부를 묻지 않기로 합니다. 미선도 호두도 가끔씩은 민재가 잘 지내기를 바랄 것이라고 생각합니다. 나중에는 머리를 세차게 흔들며 그런 마음을 모두 부정해버린다고 하더라도요. 어떤 때에는 민재의 행복을 바라지 않는 사람처럼 보이기도 하지만 이제는 서로가 다른 세계를 살아갈 수밖에 없다는 점을 받아들이고 인정하게 되는 과정이라고도 생각했습니다. 그래서 미선과 호두가 더는 민재에 대해 궁금해하지 않고 민재의 행방을 찾기를 포기해버리는 것은 민재를 위한 일이기도 했습니다. 그러니까 언젠가는 그때 뭔가를 포기해버렸었다고 느끼기보다 할 수 있는 것을, 최선의 선택을 했었다고 느끼는 때가 올 거라고도 생각합니다.

태평한 소리로 들릴지도 모르겠지만 저는 세 사람이 각자 잘 살아갈 것이라고 생각합니다. 민재는 그렇게 모진 선택을 하고 인간관계를 모두 등져버렸으니 앞으로 남은 삶에 다른 사람들보다 풍파가 훨씬 더 많을 상황에 처해 있는지도 모르겠지만 어쨌든 모진 인간이니 잘 살아갈 수 있을 거라고 생각합니다. 미선은 사실 이 소설에서는 관찰자의 입장에 가까운 사람이지요. 민재와는 이미 헤어진 사이이고 자신 때문에 민재와 가까워지고 민재에게 큰돈을 빌려준 호두에게 미안한 마음을 갖지 않으려고 합니다. 어쩌면 크게 달라진 것이 없는 사람이니 앞으로도 잘 살아갈 수 있을 거라고 생각합니다. 호두는 친구도 돈도 잃었지만 결국은 모두 단념해버렸기 때문에 잘 살아갈 수 있을 거라고 생각합니다. 그게 가장 어려운 선택이었다고도 생각합니다. 그냥 그렇게 믿고 싶은 건지도 모르겠습니다. 사실 이 이야기에 등장하는 사건들은 실제 삶에서 일어나는 수많은 비극들에 비하면 지극히 단순하고 소소한 일들이라고도 생각합니다. 그러니까 당연히 잘 살아갈 수 있겠지요. 물론 이런 일은 일어나지 않는 편이 좋겠고, 저는 간절히 바라는 일이라면 가능한 한 포기하지 않기를 바라는 쪽입니다.

이희우 소설을 읽으면서, 우리가 평범한 상황 속에서는 '평범함'에 대해 잘 생각하지 않는다는 생각이 들었어요. 다소 날카로운 민재의 말(나중으로 미루는 버릇 때문에 "평범하게 사는 것을 감당해야만 한다"라는 말)을 듣고 나서 미선이 평범함에 대해 생각하는 것처럼, 평범함에 대해 생각하기 위해서는 무언가 특별한 계기가 있어야 하는 것 같아요. 하지만 이런 '특별한 계기'가 평범한 일상 속에 반드시 잠재하는 것이기도 하겠지요.

마찬가지로 민재는 평범함의 요모조모에 대해 세세하고 날카롭게 말할 수 있다는 점에서 평범하지 않지만, "모두의 돈을 가지고 도망쳐버렸다는 점에서 결국 평범"합니다. 여기에 (특별함을 포함하는) 먹고사는 일의 평범함과 (평범함에 대해 생각하게 하는) 특별함 사이의 아이러니가 있고, 「포기」

는 이 묘한 아이러니를 드러내기에 마음을 끄는 것 같습니다. 어쩌면 이 소설 자체가 '평범함'이라고 뭉뚱그려진 밋밋한 상자를 열고 그 안을 들여다보게 하는 계기가 된다는 생각도 들었어요. 작가님의 다른 소설들 또한 평범함 속에 감춰진 이채로움과 미묘함을 드러낸다고 볼 수도 있겠지만, 이 소설에서 '평범함'이라는 주제를 특히 명시적으로 드러내게 된 동기가 있을 것 같은데요. 그런 계기가 있다면 무엇인지 묻고 싶어요. 또 '평범함'이 작가님에게 어떤 의미인지 여쭙고 싶어요.

김지연 평범함에 대해 자주 생각하게 된 것은…… 아무래도 세계가 옳지 않은 방향으로 나아가는 것을 목격하는 일이 자주 있었기 때문인 것 같습니다. 저는 어렸을 때는 미래에 대해 낙관하는 사람이었습니다. 역사는 옳은 방향으로 나아가고 사람들의 삶의 질도 점점 향상될 거라고요. 저의 어린 시절에 비하면 지금은 물질적으로는 풍요로워진 게 사실이고 말도 안 되는 악습들도 많이 사라졌죠. 하지만 기대한 만큼은 아니고 더 악한 일들도 많이 일어나고 있습니다. 뉴스를 보는 게 너무 무서울 정도로요.

좀더 직접적인 계기가 된 것은 역시 자연환경의 변화 때문인 것 같습니다. 이건 제가 생활환경을 지방에서 도시로 옮겨오면서 더 극명하게 느끼게 되는 것인지도 모르겠습니다. 이 소설에서는 날씨에 대한 이야기가 많이 나오지는 않지만, 미세먼지 지수가 최악인 날을 자주 맞이하며 미세먼지가 나쁨인

날을 그나마 반가워하는 저를 발견했어요. 그러면서 우리가 보통이라고 생각했던 것들이 어느 정도로 희귀해져가는지 생각했던 것 같습니다. 예전에 저는, 평범함은 기본값으로 주어져 있는 것이라고 생각했었습니다. 너무 익숙해서 거기에 어떤 가치판단을 할 생각조차 못 할 정도로요. 파란 하늘이 그랬던 것 같아요. 하지만 이제는 파란 하늘에 큰 경이감을 느끼는 사람이 되었지요…… 왜 그것들은 희귀해졌을까, 그렇다면 더 이상은 평범한 것이 아니지 않은가, 하는 생각을 했습니다. 제가 어렸을 때 마음껏 누렸던 날씨들이 점점 사라져가고 있다고 생각하면 무척 참담해집니다. 제발 만회할 기회가 있기를 바라고요.

그리고 좀더 개인적으로는 불운한 일들이 자주 일어났기 때문에…… 내 인생은 왜 이런가를 따져보다가 생각하게 된 것 같기도 해요. 그런데 주위 어른들에게 상담을 해보면 그만한 일 안 겪고 사는 사람이 어딨냐는 식의 답변을 받곤 했기 때문에 인생이란 대체로 이런 거구나, 내가 뭔가 잘못된 기대를 하고 있었구나, 뭘 모르는 애송이였구나, 그런 생각을 하게 됐습니다.

소설 속에서는 평범함에 대한 이런저런 이야기를 늘어놓기는 하였지만 평범한 것이 어떤 것인지는 사실 잘 모르겠어요. 저 역시도 어떤 집단에서는 지극히 평범한 사람인데 또 다른 집단에서는 상당히 모자란 사람이기도 하거든요. 평범한 것은 어때야 한다는 사회적 압력에서는 좀 자유로워졌으면 좋겠고 다만 살면서 기본적으로, 보편적으로 누릴 수 있는 것이 무엇인지에 대한 눈은 좀 높아졌으면 좋겠습니다.

이희우 작가님의 소설에는 화자가 평소의 생활공간을 벗어나 일시적으로 체류하는 공간이 자주 그려지는데요. 그러한 공간이 소설에서 환기하는 감정, 기억과 어우러지면서 강한 여운을 남기는 것 같습니다. 가령 「굴 드라이브」에서 화자가 들른 고향 소도시, 「우리가 해변에서 주운 쓸모없는 것들」에서 화자와 여자친구가 여행 갔던 한적한 해변이 그런 것처럼요. 반면 이 소설은 여행기가 아니고, 소설이 진행되는 동안 서울을 떠나 떠도는 사람은 민재뿐이죠. 하지만 이 소설에도 '의릉'이라는 다소 독특한 공간이 나옵니다. 의릉은 서울 속에 있으면서도 도시를 벗어난 것 같은, 약간의 비현실성을 가진 공간이지요. 왕의 무덤이라는 공간의 성격이 갖는 신비로움이 있기도 하고요. 실제로 소설에서 의릉 산책이 미선과 호두에게— 그리고 독자에게— 일시적인 해방감을 주는 면이 있는 것 같고, 의릉으로 들어가는 잠긴 문을 열어주는 아리송한 인물이 나오기도 합니다. 소설에 절묘하게 어울리는 이런 공간들을 어떻게 찾고 선택하시는지, 공간을 소설에 그릴 때 어떤 측면을 중요하게 고려하시는지 궁금해요.

김지연 말씀해주신 것처럼 의릉은 인물들이 약간의 해방감을 느낄 공간이 필요할 것 같아 선택한 장소였습니다. 주변에 높은 건물이 없었으면 했고 뛰어다닐 공간이 있는 뜻밖의 장소였으면 했지만 아주 멀리 떠나게 하고 싶지는 않았습니다. 가장 먼저 떠올린 장소는 초등학교 운동장이었는데 뜻밖의 장소라는 느낌이 덜해서 제외했고요. 몇 년 전 혼자 의릉을 산책하다가 잔디밭을 가로질러 뛰어가던 사람을 본 일이 떠올라 이곳을 선택했습니다. 저는 잔디밭에 들어가면 안 되는 줄 알고 있었기 때문에 그 사람을 봤을 때 좀 놀랐거든요. 의릉을 떠올리고는 괜찮은 선택인 것 같아 쓰면서 기분이 좋았습니다. 서울에 있는 몇 곳의 능에 가본 바로는 모두 잘 보존되어 있다는 인상이었습니다. 도심의 소음과는 조금 멀어진 듯 고요한 기분이 들었고 근처에 사는 사람들에게는 좋은 산책 장소였던 것 같고요.

저는 오랫동안 시골에 살다가 서울에 와서 살고 있는데요. 서울에서 살면서는 밖에 나가도 실내에 있는 것 같은 기분이 들 때가 많습니다. 어딜 가나 도로가 잘 닦여 있어서 더 그런 것 같아요. 차들이 달리는 10차로 옆 보도를 걸을 때도 거대한 테마파크 안에 들어와 있는 것 같다는 생각을 하곤 합니다. 이곳은 어디까지나 실내의 연장이고 보이지 않는 돔 지붕이 머리 위에 있는 것만 같고요. 서울에는 한강이 있고 공원도 있고 주변에 산이 많기도 하니 맘만 먹으면 금방 도시 밖으로 나간 기분을 낼 수도 있겠지만 주거 환경에 따라서는 건물 화단이나 가로수가 아니면 일상생활을 하면서 인간 아닌 살아 있는 것과 마주치는 게 쉽지 않기도 합니다.

서울은 살아가는 데 편리한 공간이고 꼭 편리함만 찾지 않더라도 매력적인 공간이긴 하지만 숨통이 트이는 공간은 아닌 것 같다는 생각을 종종 해요. 소설 속 인물을 잠깐 밖에 나가게 해주자……라는 생각이 들면 일단 도시를 벗어나게 해주어야 합니다. 밖이라면 나무나 숲이나 바다가 있어야 하고요. 인간은 여러 맥락과 얽혀 있어서 그런 장소라고 해서 늘 숨통을 트이거나 해방감을 느낄 수 있는 것은 아니겠지만요. 저 역시도 지금은 서울살이의 팍팍함에 지쳐 고향에 돌아가고 싶어 하지만 지방에 살 때는 늘 서울을 동경했거든요. 제가 쓰는 소설의 인물들에게도 일상에서 벗어나 평소라면 하지 않던 일을 하거나 일상을 돌아볼 기회를 주고 싶었던 것 같습니다. 집으로 돌아갔을 때는 다시 뭔가를 해볼 힘을 낼 수 있도록요.

모래 고모와 목경과 무경의 모험

이미상

2018년 웹진 <비유>를 통해 작품 활동을 시작했다.

1

본래 목경이 카페에서 남의 이야기를 엿듣는 부류는 아니었다. 그러나 누구나 만나곤 한다. 누가 듣거나 말거나 목청껏 말하는 무신경한 사람이 아니라 카페의 모든 사람이 자기 말을 들어야 한다는 듯 은근히 거들먹대며 말하는 사람을.

목경의 옆 테이블 두 여자가 그랬다. 둘은 속삭였지만 목소리에 자아도취의 기색이 있었다. 자기들 대화에 서로뿐 아니라 카페의 모든 사람, 모든 식물, 심지어 물 단지까지 귀를 기울여야 한다는 식이었다. 아니면 당신들 손해라는 듯이. 그래서 목경은 부끄럼 없이 그들의 이야기를 들었다.

둘은 작가인 모양으로, 동생의 소설에 대해 말하고 있었다. 동생은 비판을 선수 치는 중이었다. 언니가 뭐라고 할세라 자기 소설의 결함을 알아서 불었고 그 자백의 몫만큼 언니의 위로를 받아내려 했다. 그러나 언니는 동생에게 맞장구칠 뿐 아니라 빠뜨린 걸 챙겨주기까지 했고 — "얘, 그뿐이니?" — 그러니 동생으로서는 자기비판에서 자기옹호로 돌아설 수밖에 없었다.

"물론……"

물론 '물론'이겠지, 목경은 생각했다.

목경은 자신이 못되게 구는 걸 알았지만 멈추지 않았다. 어쨌든 목경은 상중(喪中)이었다.

"핑계라고 하겠지만요, 일부러 그러는 것도 있어요." 동생이 오만한 투로 말했다. 보기에 따라 그것은 오만일 수도 아닐 수도 있었다. 침몰 중인 자존심을 건져보려는 가여운 시도일 수도 있었다. 그러나 목경은 거기까지 생각하고 싶지 않았다.

"제 소설에는 '한 방'이 없다고들 하잖아요. 단편소설 특유의 좁은 지면 탓에 문장을 아껴 쓰며 굽이굽이 나아가다 순간 탁, 터뜨리는 에피파니라고 해야 할까요, 와우 포인트라고 해야 할까요, 그게 부족하다고 하잖아요. 모든 문장을 쭉 빨아올리며 꼭대기에서 탁 터뜨리는, 푹 꺼뜨리기도 하지만 그건 비위 약한 작가들을 위한 탁 터뜨림이고요, 여하튼 결정적인 한 장면. 사람의 마음을 쥐고 흔드는 한 순간. 우리가 책을 덮고 고개를 젖혔을 때 공중에 떠 있는 그 뭐가 제 글에는 없대요. 근데요."

동생이 숨도 쉬지 않고 열렬히 말했다. 그러나 언니는 딴짓 중이었다. 언니는 앞사람을 보고 있었다. 언니의 앞에는 테이블의 세 여자 중 세번째 여자, 그때까지 한 마디도 하지 않은 여자가 있었다. 그는 두 사람의 대화에 관심이 없었고 오로지 자기 물건만 뚫어지게 보았다. 테이블에 온갖 물건이 널브러져 있었다. 모두 담으려면 큰 비닐봉지

너덧 개는 필요할 성싶었다.

"근데요."

동생이 다시 말했다.

"저는 '한 방'을 못 치기도 하지만 안 치고 싶기도 해요."

"어째서?"

언니가 물었다.

"왜긴요. 딴 애들이 불쌍해서죠. 소설에 쓴 모든 문장이 그 '한 방'을 위해 씌어진 것 같잖아요. 그 한 순간을 들어 올리기 위해 팔을 벌벌 떨며 벌을 서고 있는 것 같잖아요. 그렇다고 제가 뭐 소설계의 대장장이가 되어 모든 문장을 평평하게 두들겨 신scene들의 평등을 꾀하겠다, 그런 건 아니고요, 그럴 주제도 못 되고요, 그저 모든 자잘함을 지우며 홀로 우뚝 선 한 순간을 지지하는 것에 찜찜함을 가지고 있다는 거죠."

"네가 못해서 그래. '결정적 순간'을 만들어내는 건 소신이 아니라 능력의 문제야. 할 줄 아는데 안 하는 거랑 못해서 못 하는 건 깔이 다르단다."

"언니." 동생의 목소리는 부드러웠다. "못해서 못 하니까 좋은 거예요. 무능해서 귀한 거예요. 잘하는데 억지로 안 하는 사람은 반드시 흔적을 남겨요. 자기 절제라는 고귀한 희생에는 어쩔 수 없는 인위가 묻어난달까요? 하하하. 세상이 그렇게 공평하답니다!"

"얘들아."

세번째 여자가 두 사람을 불렀다.

"또?"

언니가 말했다.

"진짜 싫어."

동생이 말했다.

"얘들아, 미안한데 나한테 얘네를 올려줘."

세번째 여자가 테이블 위 물건들을 가리키며 말했다.

두 사람이 친구의 몸에 물건을 쌓기 시작했다. 맨 아래 책을 깔고 크기 순서대로 쌓아나갔다. 곧 물건이 턱까지 찼고 그러고도 많이 남았다.

"나머지는 우리가 챙길게."

언니가 떨어진 물건을 주우며 말했다.

"아니야. 내가 다 옮겨야 해. 기다려줘. 다시 올게."

"돌겠네."

동생의 머리가 뚝 떨어졌다.

세번째 여자가 짐을 잔뜩 안은 채 갈지자로 걸었다. 문 앞에서 치약이 떨어졌고, 문 바로 밖에서 스카프가 무겁게 떨어졌다. 스카프는 여자의 발끝에 의해 다시 안으로 밀어 넣어졌다. 카페 직원이 스카프를 들어 올리자 생고기가 떨어졌다. 두 사람이 달려가 카페 직원에게 사과하고 생고기를 받아 왔다. 두 사람은 생고기를 머그잔에 담았다 — 일회용 종이컵을 사용하는 것은 친구를 배신하는 일이었다.

세번째 여자에게 정신의 문제는 없었다. 정신과 몸 사이 교신의 문제라면 모를까. 어느 날 세번째 여자는 선언했다. 영원히 일회용 비닐봉지와 용기를 쓰지 않겠다. '되도록'은 안 된다. 그러기에는 너무 늦었다. 일절 쓰지 말아야 한다. 그러나 그가 가게 계산대에서 주로 깨닫는 것은 어깨에 천 가방이 걸려 있지 않다는 사실이었다. 그는 비닐봉지를 절대 쓰지 않기로 했지만 몸이 따르지 않았다. 스티로폼 포장재를 대신할 유리 용기는커녕 천 가방도 챙기지 않기 일쑤였다. 그는 완고한 덜렁이였다.

틈 없는 정신과 틈뿐인 몸의 간극을 메운 것은 무수한 규칙이었다. 천 가방을 챙기지 않았다면 맨손으로 모든 물건을 옮겨야 한다. 유리 용기가 없다면 생고기든 굴이든 가지고 있는 것으로 싸야 한다 — 올드 셀린, 언니가 갈색 핏물이 밴 스카프를 펼치며 말했다. 그래야 버릇을 고칠 수 있다. 그리하여 세번째 여자는 계산대에서 자신 때문에 머리끝까지 화난 사람들을 향해 말했다. "도와주세요. 물건을 저에게 올려주세요." 사람들은 골칫덩이를 줄에서 치우기 위해 여자의 팔에 물건을 쌓기 시작했다. 그러다 그만 재미를 느끼기도 했다. 애들의 조름으로 시작해 어른들의 쾌락으로 끝나는 젠가jenga 놀이처럼.

온갖 잡동사니를 위태롭게 품은 여자가 몸을 뒤로 젖힌 채 씩씩하게 걸었다. 사람들이 걷다 말고 여자를 오래 쳐다보았다. 희한한 광경이었다. 「하울의 움직이는 성」처럼 삐걱대고, 펠릭스 곤살레스 토레스의 사탕처럼 곧 허물어질 것 같은 짐 무더기 사람. "백 마디 말보다 이런 뇌리에 박힌 한 순간이 결국 인간을 바꾸는 거 아닐까? 나만 해도 소나 돼지를 도축하는 영상을 보지 않고 있어. 보면 바뀌니까. 고기를 못 먹게 될 거야." 언젠가 세번째 여자는 그렇게 말한 적이 있었다.

목경은 세 사람의 소동을 지켜보다 머리가 아파 눈을 감았다. 장례식장에서 목경은 맹활약했다. 굵직한 일부터 사소한 일까지 도맡아 했다. 피곤했다. 게다가 장례식장은 공기가 나빴고 카페에 앉은 지금까지 조문객의 검은 양말에 딸려온 먼지가 눈에 달라붙은 듯했다. 눈을 감자 눈에 물기가 돌면서 눈이 편해졌다. 그러자 어둠의 양 끝을 긁으며 진자운동하던 시선도 어둠 속 한 점을 가만히 응시하게 되었다.

어둠의 귀퉁이가 말리면서 불에 타 오그라지는 사진처럼 중심에서 하나의 이미지가 떠올랐다. 목경은 세번째 여자가 어둠을 가르며 다가오는 환상을 보았다. 그 구제할 길 없는 답답이가 산더미 같은 짐을 안고 뒤뚱대며 오고 있었다. 얼굴에 피 묻은 스카프를 성냥팔이 소녀처럼 두르고 림보 게임하듯 허리를 한껏 젖힌 채.

'그러니까 이런 거란 말이지.' 목경이 눈을 뜨며 생각했다. 먼 훗날, 숨넘어가기 직전, 누군가 자신에게 오늘에 대해 묻는다면 목경은 이 이미지만을 기억할 것이다. 처음에 들었던 두 사람의 대화는 잊고.

2

목경이 상중이라고 해서 대단한 상을 당한 것은 아니었다. 고모가 죽었고 그마저 모르고 넘어갈 수도 있었다.

어느 집이나 그러하듯 목경의 집안에도 사고뭉치가 두 명 있었고 그중 하나가 고모였다. 고모는 4남매 중 막내로 부모와 같이 살았다. 보기에 따라 부모에게 얹혀산다고도 부모를 모시고 산다고도 할 수 있었다. 죽기 전 10년 정도는 가족과 연락을 끊고 어딘가에서 살았다. 10년이 길어 보이지만 해본 사람들은 알 텐데 후딱 지나간다.

어릴 적 목경은 그를 '결혼 안 한 고모'라고 불렀다. 다른 별명으로는 '모래 고모'가 있었다. 그것은 고모 자신의 농담에서 유래한 것으로, 고모는 자기 형제의 출생 순서와 가치를 이렇게 설명하곤 했다. "목경아, 쌀보리 놀이 알지? 쌀에 손을 닫고 보리에 가만있는 놀이. 쌀만 환영하는 놀이. 그걸 우리 형제에 대보면 이리 된다. 큰오빠 쌀. 큰언니 보리. 둘째 오빠 쌀. 아들 둘에 딸 하나. 딱 좋았는데. 내가 기어이 나오고 말았어. 그러니 나는 보리에도 못 미치는 모래 아니겠니?"

환영받지 못한 막내딸. 처지는 자식. 결혼하지 않고 부모와 살며 무상으로 가사와 돌봄과 간병 노동을 제공하고도 끝까지 용돈 말고 자기 재산은 갖지 못한 사람. 종합병원 진료일이면 부모가 비굴한 얼굴로 거실 한 번, 자기 얼굴 한 번 보며 "그래도 나 죽으면 이거 다 네 거 아니겠니" 거짓말하는 꼴을 봐야 했던 사람. 다 알면서도 "엄마, 가요" 웃고 말던 사람. 이따금 수틀리면 가출하다가 아예 사라져버린 집안의 사고뭉치. 고모의 마지막 모습은 이랬다. 엄마를 모시고 종로3가역 9번 출구에서 종로12 마을버스를 기다리다 사라져 영영 돌아오지 않았다.

이렇게 말하면 목경의 고모가 불쌍해 보이겠지만 그에게는 어떠한 상황에서도 자기 자신을 특별하게 보는 재주가 있었다. 고모와 목경은 '쌀보리 놀이'에 모래를 추가했다. 그들에게는 모래가 쌀이었다. 목경은 쌀 대신 '모오오래애애' 친근하게 늘여 발음하던 그 소리에 고모의 주먹을 잡고 기쁨의 비명을 지르곤 했다. 고모의 별명이기도 한 '모래'는 두 사람의 비밀스러운 규칙이었다.

한때 고모는 목경의 집에 살았다. 목경은 아직 학교에

다니지 않고 무경은 5학년일 무렵이었다. 고모의 둘째 오빠인 목경의 아버지가, 어머니에게 동생의 가출 소재지가 자신의 집임을 알리자 목경의 할머니는 이렇게 말하며 기뻐했다. “나쁘지 않구나. 너에게도 막내에게도. 아귀가 잘 맞아.” 당시 목경의 집은 또 한차례 권태가 불어닥치고 있었다. 목경의 부모는 나쁜 사람들은 아니었지만, 잘 질렸다. 서로에게뿐 아니라 자식에게도 주기적으로 질렸다. 권태기의 어망이 너무 넓어 부부뿐 아니라 자식에게까지 닿았고, 그럴 때면 그들은 목경과 무경의 얼굴을 골똘히 보며 ‘얘네는 누구지?’ 싶었다. 두 사람은 밤늦게 들어오기 시작했다.

아버지야 직장에 다녔으므로 더 늦게 들어오면 그만이었지만, 자신도 직장에 다녔어야 했다는 것을 너무 늦게 깨달은 엄마는 아침부터 밤까지 무언가를 배우러 다녔다. 오전 운전, 오후 산악, 밤 영어.

권태기가 오면 목경과 무경은 행복했다. 제한되던 과자와 금지되던 수사 프로그램. 자매는 빈집에서 이가 얼얼하도록 과자를 먹으며 연쇄 살인범의 ‘잔혹한’ 범행 수법을 시청했다. 부모는 아주 늦게 돌아왔다. 도주 중인 살인자가 문 앞에 와 있을 것 같은 설렘과 공포의 시간, 밤 11시 반, 계단을 타고 엄마가 흥얼대는 (어학원에서 ‘would’의 불규칙적 습관 용법을 위해 배운) 카펜터스의

「Yesterday once more」 노랫소리가 들려오곤 했다. 한번은 거실에서 아이 목소리를 흉내 내는 오싹한 소리가 들려 나가 보니 엄마가 어둑한 식탁 앞에 앉아 「시애틀의 잠 못 이루는 밤」 속 꼬마의 대사를 외고 있었다. "택시 기사가 엠파이어스테이트 빌딩을 가리키며 꼬마 조나에게 물었습니다. '올라가서 뭘 할 거니? 꼭대기에서 침을 뱉을 거니?' 조나가 말했습니다. 'No, I'm gonna meet my new mother.'"

목경의 할머니가 '아귀가 맞다'고 한 이유는 그 시점에 고모가 목경의 집에 들어간 것이 마침맞았기 때문이었다. 고모는 일종의 'new mother'로서 오빠의 집에 살며 조카들을 돌봤다. 할머니는 기발하게도 고모의 가출이 목경 네 가족뿐 아니라 고모 자신에게도 이득이라고 여겼다. 할머니가 보기에 모든 사람에게는 아이를 향한 일정량의 사랑이 있고 때로 그것은 바닥난다. 목경의 부모가 밖으로 도는 까닭도 아이 사랑 함량이 다 떨어졌기 때문이다. 반대로 목경의 고모처럼 자기 아이가 없어본 사람은 종종 뭉친 아기 사랑을 풀어줘야 한다.

훗날 목경은 할머니의 사상이 남성의 '성욕 배출 신화'를 여성의 '모성 배출 신화'로 교묘히 바꾼 것임을 알았다. 여성의 모성도 남성의 성욕처럼 통제할 수 없으며 일단 불러일으켜지면 아무 아이를 붙잡고서라도 해소되어야 한다. 할머니가 자기 생각을 정말 믿었는지는 알 수 없지만 덕분에 목경의 아버지는 동생에게 미안해하지 않을 수 있었다. '다 저 좋아서 하는 일이다.' 그는 생각했다. '말랑말랑한 아이를 조몰락대고 싶은 자기 욕심을 채우려는 것뿐이다.'

갈급한 모성 배출 욕구 때문인지 고모는 목경과 끝내주게 놀아줬다. 목경은 하루에 한 번은 고모와 놀다가 흥분해 토했다. 반면 무경은 고모에게 관심이 없어 보였다. 무경은 사람보다 책을 좋아했다. 무경은 방에서 책만 읽었고 화장실에 갈 때도 자기 발을 보며 걸었다. 무경이 학교에 가면 두 사람은 무경의 방에 침입했다. 무경이 읽는 책의 제목을 적어 서점에서 찾아봤다. 대체 이 언니는 뭘 읽고 사나, 뭔 생각을 하며 사나, 목경은 그런 건 관심 없었고, 오직 고모와 매일 똑같이 탐정놀이를 하는 것이 좋았다. 반복은 목경에게 깊은 위안을 주었다. 그런 목경과 달리 고모는 무경이 무슨 책을 읽는지 궁금해했다. 고모는 침대 밑에 기이한 자세로 기어 들어가—무경에게는 자기 직전까지 책을 읽다가 수면이 임박해오면 빠른 손목 스냅을 이용해 읽던 책을 침대 밑으로 날리는 버릇이 있었다—구해낸 책을 골똘히 읽었다. 책이 아니라 책 주인의 머릿속을 들여다보는 듯이. 그런 고모를 재까닥 알아차리면 목경은 갑자기 배가 아파졌다. 고모의 관심을 다시 제

쪽으로 옮아매기 위해.

어느 날 두 사람은 무경의 비밀 리스트를 찾았다. 우연히 침대에 올라가 뛰다가 천장의 글씨를 발견했다. 두 사람은 천장의 글씨를 적어 서점으로 뛰어갔다. 국회도서관에도 갔다. 모두 헛수고였다. 사서의 도움으로 '천장의 리스트'가 걸작이지만 한국에는 번역되지 않아 읽을 수 없는 책을 쓴 작가들의 이름임을 알았다. 무경은 『세계 추리소설 계보』 같은 책을 읽고 마음에 드는 작가를 모은 모양이었다. 책을 읽지 못하니 작가의 관상, 계보상의 위상, 구미를 당기는 소개 글 등이 선정에 영향을 미쳤으리라.

어린 나이에도 목경이 묘하게 느꼈던 것은 무경의 리스트가 적힌 위치였다. 왜 천장일까. 침대에 누워 하염없이 올려다볼 수 있는 곳. 뒤늦게 생각해보면 그런 것이 다 징후였는지도 몰랐다. 목경은 언니를 따라 침대에 누워 천장 — 자기 방에는 고작 형광 별이 붙어 있는 — 의 글씨를 보면 어김없이 무섬증이 일었다. 목경은 자신이 왜 공포를 느끼는지 이해할 수 없었다.

목경은 나중에야 이해했는데 무섬증은 천장의 리스트가 무한한 가능성을 지녔기 때문에 일었다. 읽을 수 있는 책이 상대적으로 단단한 현실이라면 읽을 수 없는 책, 읽을 수 없어 상상만 할 수 있는 책은 너무 많은 여지를 제공했다. 에도가와 란포 — 당시에는 책이 번역되지 않았거나 어쨌든 초등학생인 무경은 구할 수 없었다—그 이국의 이름이 불러일으키는 무한한 가능성, 영감, 상상이 까만 폭포수처럼 쏟아져 내려 어린 언니를 홀리고 짓누른 게 아닐까. 그러면서 언니는 점점 현실에서 멀어져 어딘가로 흘러간 게 아닐까. 수십 년 뒤 햄스터를 두 마리에서 백 마리로 늘리는 사람으로. 밥솥에 밥을 짓고 1년 후에 열어보는 사람으로. 고모에 이은 집안의 두번째 사고뭉치로.

그러나 그것은 나중의 일로, 당시의 목경은 무경을 질투했다. 고모는 노는 건 목경과 놀지만 왠지 무경을 더 가깝게 느끼는 것 같았다. 그래서 목경은 걸음마 하는 아이처럼 고모의 양손을 붙잡고 다녔다. 목경은 '똥꼬'가 가려워도 참았다. '똥꼬'를 긁으려고 손을 놓는 순간 언니가 고모의 빈손을 채갈 것 같았다. 아니면 기다렸다는 듯 둘의 손이 자동으로 붙거나. 고모가 집에 있는 동안 목경은 늘 피곤했는데, 호시탐탐 붙으려는 두 사람을 떼어놓는 데 기력을 다 썼기 때문이었다. 그리고 목경의 예감이 옳았다.

그 일은 겨울에 일어났다. 세 사람이 시골로 짧은 여행을 갔을 때의 일이다. 원래는 고모와 목경만 가려고 했는데 무경도 같이 가게 되었다. 여행 허락을 구하는 고모에게 목경의 부모는 큰애도 데려가라고 했다. 고모가 차를 몰지 못해 세 사람은 버스와 택시를 이용하고도 엄청 걸었다. 고모는 멀리 파란 창고가 보이는 갈대밭 옆 갓길에 자매를 세워두고 '츄츄'를 데려올 테니 기다리라고 했다. 그리고 얼마 안 있어 '츄츄'를 둘러메고 나타났다.

목경이 '츄츄'가 엽총이라는 것을 알게 된 것은 갓길에서 한 시간은 족히 더 들어간 묘지에서였다. 산을 오르는 동안 '츄츄'는 총집에 있었으므로 목경은 접힌 이젤이라고 생각했다. 철제 울타리 문을 열고 들어가자 깔끔하게 손질된 봉분이 보였다. 높고 양지바른 무덤가에 서니 세 사람이 걸어온 길이 훤히 보였다. 며칠 전 내린 눈으로 멀리 보이는 산은 희고 아랫길에도 잔설이 남아 있었지만 묘지의 눈은 모두 녹았다. 산을 오르는 내내 '센베이' 모양으로 돌돌 말린 갈색 낙엽만 보다 묘지에 자라는 형광 야생화와 푸릇푸릇한 풀을 보자 목경은 기분이 좋았다. 세 사람은 햇빛을 느끼며 잠시 서 있었다. 나뭇가지가 흔들렸고 새가 날아갔다.

목경은 태어나 그런 소리는 처음 들었다.

"꾸우꾸 꿋구. 꾸우꾸 꿋구."

고모가 방금 놓친 멧비둘기의 울음소리를 흉내 냈다. 총신을 꺾자 연기와 함께 탄피가 솟았다. 큰 '건전지' 두 알이 풀숲에 떨어졌다. 목경의 눈에는 12게이지 탄이 그렇게 보였다. 고모가 새 탄약을 약실에 '쓱' 밀어 넣었다. 그것이 목경으로 하여금 기억을 자극했다. 생각해보니 더 어릴 적에도 목경은 고모와 여행한 적이 있었다. 그때는 여름이었고 역시 엄마와 아빠는 없었으며 무경도 없었던 것 같다. 여름 장마로 비가 엄청나게 왔고 텐트를 친 계곡은 언제라도 무너질 것 같았다. 얇은 텐트 천 아래로 잔돌이 끊임없이 흘러내렸고 사방에서 천둥 같은 물소리가 났다. 목경은 너무 춥고 두려워 차라리 정신을 놓고 싶었다. 그리고 그것은 목경의 장기였다. 목경이 정신을 놓기 위해 온정신을 기울이자 서서히 열이 올랐다. 얼마 안 있어 목경에게, 집에서 종종 그러하듯, 은총 같은 고열의 혼미가 찾아왔다.

그 후로는 기억이 가물가물했다. 고모가 목경을 발가벗기고 꼭 안은 채 엉덩이에 좌약 해열제를 '쏙' 밀어 넣었던 것 같다. (이 부분에서 기억이 교차했다. 훗날 목경은 남자들이 약실에 총알을 넣는 것을 성행위에 비유하며 낄낄대는 것을 보고 불편한 기시감을 느꼈다.) 또한 목경이 기억하는 것은 고모의 몸에 맺힌 고모의 것인지 자신의 것인지 모를 짭조름한 땀방울을 빨아 먹던 감각이었다. 목경은 고모와 함께 물에 휩쓸려 어딘가로 떠내려가 둘만의 생활을 꾸리길 남몰래 바랐었다.

"고모가 꿩 잡아 올 테니 여기서 기다려."

고모가 자매에게 조끼를 입히며 말했다. 깨진 거울 조각을 붙인 조끼였다. 목경이 몸을 흔들자 빛이 어지러이 흩어졌다.

"고모가 아까 올라오면서 멧돼지가 파헤친 무덤 보여

줬지? 엉망이었지? 여긴 멀쩡하지? 여긴 멧돼지 안 와. 그러니 딴 데 가지 말고 여기 있어야 해. 조끼 벗지 말고."

"나 눈 아파."

거울에 반사된 빛이 목경의 눈을 찔렀다.

"안 돼. 절대 벗지 마. 너흰 작아. 작은 것들이 풀 속에서 촐싹대다가 누가 꿩인 줄 알고 쏘면 어쩌려고. 빛이 나야 총에 안 맞지. 해가 지기 전에 돌아올게."

고모는 미러볼이 된 자매에게 『버섯 도감』을 남기고 숲속으로 사라졌다. 아무것도 못 잡으면 버섯이라도 끓여 먹어야 하니까, 하고 말했지만 목경은 도감이 무경을 위한 고모의 배려임을 알았다. 아니나 다를까, 무경은 금세 도감에 빠져들었다. 머리를 깊게 숙이고 세밀한 버섯 그림을 골똘히 보았다. 훗날 목경은 책에 파먹힌 무경의 얼굴을 떠올리며 '밖에 버섯이 있었잖아……' 하고 생각했다. 자신이 버섯 그림을 참고 삼아 진짜 버섯을 찾아다닌 것과 달리 무경은 버섯 그림에 만족했다. 오히려 무경이 책에서 얼굴을 떼고 허공을 볼 때, 거기서 진짜 버섯이 생겨나는 듯했다. 나중에 목경은 사전에서 도감의 뜻을 찾아봤는데 "그림이나 사진을 모아 실물 대신 볼 수 있도록 엮은 책"이라는 정의가 언니에게는 다르게, '그림과 사진이 실물, 현실 그 자체'라는 의미로 자리매김했다는 것을 알았다. 어쨌든 고모는 사냥하러 가고 언니는 책만 봤다. 목경은 심심했고 세 명의 사람을 만났다. 무덤에서 만난 세 사람은 다음과 같다. 첫번째 사람은 앞뒤로 박수 치며 뒤로 걷는 사람이었다. 앞뒤로 박수 치며 뒤로 걷는 사람답게 그는 곁눈으로 자매를 끝까지 보면서도 둘에게 말을 걸지 않았다.

두번째 사람은 목경을 혼냈다. 늙은 사냥꾼이 상석에 누워 향로석에 발을 올리고 있는 목경에게 내려오라고 했다. 노인의 꾸지람에 목경은 삐쳤고 그래서 노인을 바라보는 시각이 다소 굴절되었다. 사실 그는 훌륭한 엽사였다. 수십 년의 사냥 경력에도 여전히 총구를 내리고 걸었고 수렵 모자도 제대로 썼다. 그러나 목경은 모자 아래 겹으로 접힌 노인의 살찐 목덜미만 볼 뿐이었다. 목경이 노인의 눈치를 보며 다시 누웠다. "커서 크게 되실 아가씨네!" 노인은 웃으며 꿩을 죽이러 갔다. 고라니를 만나면 고라니를 죽일 것이었다. 사냥개가 주인의 주위를 뛰어다녔다. 개가 짖어도 노인은 제때 가지 못했다. 노인이 도착하면 새는 이미 멀리 날아갔다. 그는 그대로 요양병원에 보내도 어색하지 않을 만큼 어기적댔고, 개는 작은 분수처럼 튀어 올랐다. 둘은 아무것도 못 죽일 수도 있었다. 목경에게 옆 구르기 재주를 선보이기도 한 개는, 이제 주인이 군복 바지를 입으면 먼 곳으로의 산책을 기대했다.

세번째 사람은 무경과 같은 또래로 보였지만, 아니었

다. 몸집이 작되 눈빛이 야무지고 까지기까지 했다. 중학생은 되었을 것이다. 고등학생일 수도 있었다. 만년 키 번호 1번으로 몸이 작아 가진 능력보다 미숙하게 취급되는데 이골이 난 얼굴이었다. 그래, 나를 깔보셔, 애처럼 취급해보셔, 제대로 뒤통수를 갈겨줄 테니까, 외치는 듯한 영리하고 골난 표정. 그는 목경과 놀아줬다. 둘은 봉분 끄트머리를 파서 두꺼비 집 놀이를 했다. "두껍아, 두껍아, 헌 집 줄게, 새집 다오." 그는 무언가를 흙 속에 파묻고 괜히 무경이 들고 있는 책을 툭 건드리고는 떠났다.

목경은 그를 따라갔다. 조끼를 벗고 철제 울타리를 넘어 쫓아갔다. 그러나 결국 놓쳤고 갑자기 어두워진 산길에 놀라 다시 무덤을 향해 뛰기 시작했다. 멀리 개 짖는 소리와 하산하는 사냥꾼들의 조급한 총소리가 들렸다. 옛날이었다. 총기 난사 사건이 있기 전. 총기 반납이 허술하던 시절. 해가 지고 10시까지가 정말 재밌었다. 금지된 곳에 가서 금지된 것을 쏘았다. 축사의 소들은 밤중 총소리에 유산했고 열받은 주민들은 총기를 반납하고 나오는 사람을 몽둥이로 두드려 팼다. 목경은 뛰다 말고 서서 자기 몸을 만졌다. 구멍 난 데는 없었다. 그러면 다시 뛰었다.

고모가 돌아와 있었다.

"어디 갔었니? 빨리 가자."

이제 곧 사유재산인 '츄츄'는 다시 경찰서에 갇힐 것

이다.

"여기야."

목경이 마을 방향을 가리키며 말했다. 고모는 산 쪽으로 걸어갔다. 산 쪽 울타리는 짐승이 침입을 시도했는지 우그러져 있었다. 울타리 너머로 산책로도 인공의 빛도 보이지 않았다. 그 너머로는 산의 깊고 어두운 내부가 시작되는 듯했다.

"고모, 거기 아니라니까."

"총 잃어버렸어. 찾아야 해."

"난 여기 있을래요."

무경이 말했다.

"안 돼. 위험해. 같이 있어야 해."

고모가 말했다.

목경은 자신의 이마를 짚어보았다. 차가웠다. 이번에는 고열의 은총이 제때 와주지 않을 모양이었다. 고모가 손전등으로 앞을 비췄다. 미러볼 자매가 흐리게 빛을 반사했다. 옅은 빛의 무리가 총을 찾아 어두운 산길을 걸었다.

푹 꺼진 마른 도랑에 남자 둘이 있었다.

"하이라이트를 놓치셨네!"

도랑 위 세 사람을 올려다보며, 빨간색 남방을 입은 남자가 말했다.

그는 방금 '하이라이트'가 끝난 것처럼 말했지만, 고모가 보기에는 아니었다. 멧돼지 꼴을 보니 그랬다. 세 사람이 서 있는 바로 그곳에서 두 사람은 도랑에 처박힌 멧돼지를 쐈다. 총부리를 아래로 하고. 전능감을 느끼며. 개들이 멧돼지를 도랑으로 몰았을 것이고, 총알이 멧돼지 목을 관통했을 때 연기가 피어올랐을 것이다. 개들은 피를 핥고, 멧돼지는 우스꽝스러운 짧은 다리로 개들을 밀었을 것이다. 그리고 지금 보는 것과 같이 딱딱해졌다. 다리를 들고 죽은 멧돼지는 뒤집힌 책상 같았다.

"죄송하지만, 저희를 도와주시겠어요?"

손전등 불빛에 남자의 찡그린 얼굴이 비쳤다. 그는 파란색 남방을 입고 있었다. 고모는 얼른 손전등을 내렸다.

"도와주세요."

고모가 말했다.

"하루에 두 번은 안 돼."

파란 남방이 말했다.

"뭔 도움이 필요하실까?"

빨간 남방이 멧돼지 이빨에 끈을 매며 물었다. 그는 친구보다 서글서글했다.

"제가 총을 잃어버렸어요. 빨리 찾아야 하는데 밤인데다가 제가 애들까지 데리고 있어서요."

"애들을 맡아달라고?"

빨간 남방의 말에 목경은 놀라 주저앉았다.

"아니요, 같이 찾아주시면……"

"주시면?"

빨간 남방이 조정(漕艇)하듯 몸을 젖히며 말했다. 끈이 팽팽해졌다. 산기슭까지 사체를 끌고 가려면 끈이 빠지지 않아야 했다.

"우리는? 아줌마 총 찾아다니면, 우리는 언제 총 반납하고?"

고모가 대답을 망설이는 사이 파란 남방이 물었다. 그는 화를 주체하지 못했다. 그러나 고모는 그의 짜증 밴 질문보다 빨간 남방의 모호한 질문—"주시면?"—에 더욱 신경이 쓰였다. 망설이는 고모를 보고 빨간 남방이 넉살 좋게 말했다.

"오늘 이 친구가 까칠해도 이해해요. 낮에 된통 당했거든. 여자한테 당하구 애한테 당하구. 그래서 좀 예민해. 이렇게 하면 어떨까 싶은데. 어차피 밤에는 못 찾아요. 날 밝으면 같이 찾아줄게."

"선생님들 총은요?"

"아, 우린 신경 쓸 거 없어요. 이거 좀 떠서 갖다주면 파출소 사람들도 뭐라고 안 해. 당신 총포 소지 허가증도 취소 안 당하게 해줄 수 있어. 대신."

"정말 감사합니다."

"놀까?"

"미친 새끼."

"아침까지 우리랑 놀아줘야지."

"미친 새끼. 그렇게 당하고도."

"불쌍하잖아. 애들도 귀엽고." 빨간 남방이 자매를 보며 말했다. "안녕. 삼촌 해봐, 삼촌."

무경은 「사랑으로」— 담임선생님이 전교조였다 —, 목경은 「아빠의 얼굴」을 불렀다. 다섯 사람은 모닥불에 둘러앉았다. 남자들은 불을 잘 피웠고 일단 노래부터 시켰다. 그들은 멧돼지 털을 벗기며 자매의 노래를 들었다.

"나 그 노래 너무 슬퍼."

빨간 남방이 손에 튄 털을 칼로 쓸며 말했다.

"어젯밤 꿈속에 나는 나는 날개 달고 구름보다 더 높이 올라 올라갔지요…… 죽은 애가 천국에서 자기 아빠를 내려다보며 부르는 노래잖아. 너무 슬프지 않아? 여기가 찌르르." 빨간 남방이 자기 가슴에 칼을 대며 말했다. "요샌 왜 이리 마음이 싱숭생숭한지 모르겠어. 아까 낮에 무슨 일이 있었는 줄 알아?"

빨간 남방이 「아빠의 얼굴」을 따라 불러서 목경은 기분이 좋았다. 언니는 치사하게 이주호 작사, 작곡의 「사랑으로」라는 어른 노래를 불렀다. 그렇지만 자신이 선택되었다.

목경이 가장 빨리 적응했다. 파란 남방은 좀 그렇지만 빨간 남방은 삼촌이라고 부를 수도 있었다. 모닥불 위로 집에 가서 그릴 그림일기의 구상이 겹쳤다. 아이들의 그림에는 주술적 효과가 있다. 그래서 그림일기가 그렇게 중요한 것이다. 목경은 고모와 빨간 남방이 결혼하는 그림을 그릴 것이었다. 멧돼지가 주례를 보고, 삼촌은 빨간 턱시도를 입을 것이다.

무경은 화가 난 것 같았다. 무경은 눈이 나빠진다는 이유로『버섯 도감』을 뺏겼다. 책은 모닥불에 던져졌다. 그 후로 무경은 여봐란듯 말없이 앞만 봤다. 고모는 목경처럼 재밌게 '놀고' 있었다. 목경의 눈에는 그렇게 보였다. 그렇지 않다면 어떻게 누가 1초마다 머리를 누르는 것처럼 고개를 끄덕일 수 있겠는가. 빨간 남방은 수다쟁이였다. 고모는 그의 모든 말에 윗점을 찍듯 고개를 끄덕였다. 리드미컬한 머리의 탄력을 받아 말들이 스타카토를 먹인 듯 통통 튀었다.

"예쁘긴 예쁜데 또 개넌은 개넌인지라."

끄덕끄덕.

빨간 남방이 들려준 이야기는 다음과 같다. 오늘 빨간 남방은 좋은 만남을 가지고 있던 여성분을 산에 데리고 왔다. (고모가 "여성분"이라고 하자, 파란 남방이 "분은 무슨"

하고 비웃었다. 그러나 여기서는 고모의 표현을 따르기로 한다.) 그가 여성분을 속이려고 한 건 아니었다. 그는 분명 여성분에게 산에 가자고 했다. 사냥하러 간다고 하지 않았을 뿐이다. 어쨌든 여기는 산 아닌가? 여기가 바다는 아니잖아.

여성분은 총을 보고 놀란 모양이었다. 그래도 어찌어찌 잘 따라왔는데 총을 쏘는 것을 보고 사라졌다. 두 남자가 개의 부름을 따라 정신없이 도랑으로 달려가 멧돼지를 죽이고 돌아와보니 여성분이 없었다.

"여성분이 충격을 받으셨나 보네요."

"분은 무슨." 파란 남방이 코웃음을 쳤다. "나는 그런 년은 딱 질색이야. 다른 여자들은 사냥에 못 따라와서 안달이야. 멧돼지 고기 누린내 잡는 특제 소스까지 만들어 와. 개를 풀었어야 했는데. 얘가 마음이 약해서."

처음에 둘은 여성분이 길을 잃은 줄 알았다. 스스로 내려갔으리라고는 상상하지 못했다. 파란 남방이 개를 풀자고 했다. 빨리 풀고 빨리 찾고 한 마리라도 더 잡자. 그러나 빨간 남방은 여성분을 놀라게 하고 싶지 않았다. 그들은 '좋은 만남'을 갖고 있었고 그 귀결이 코앞이었다. 그들은 목줄을 단단히 말아 쥐고 튀어 나가려는 개와 싸우며 여성분을 찾으러 다녔다. 옆구리가 빠질 것 같았다.

여성분은 주차장에 있었다. 자기 차 옆에 신문지를 깔

고 산나물을 다듬고 있었다. 날이 거의 저물었다. 다시 사냥하기는 글렀다.

“제 가방 주세요.”

여자를 위해, 빨간 남방은 가방을 들어줬었다. 여성분이 가방을 받아 들고 차 키를 꺼냈다. 슬로모션처럼 천천히 차 문을 열고 뒷좌석에 나물을 신문째 실었다. 그러곤 갑자기 차에 올라타 문을 잠갔다.

빨간 티코가 멀어졌다. 차는 휘청이며 빠르게 나아갔다. 두 남자는 멀어지는 차를 보았다. 희한하게도 여성분의 머리가 보이지 않았다. 몸을 옆으로 완전히 꺾은 채 차를 모는 듯했다. 아주 멀어졌을 때, 일개 엽사가 아니라 사격 선수만이 실력 발휘를 할 수 있을 만큼 멀어졌을 때에야 뒤통수가 가물가물 올라왔다.

“나 너무 속상했잖아.” 고모가 그 여성분이기라도 한 듯 빨간 남방이 고모에게 입을 삐죽대며 말했다. “여자가 나를 못 믿었다는 거잖아. 암만 화가 나도 내가 자기를 쏘겠어? 남자는 말이야.” 빨간 남방이 이번에는 자매를 보며 말했다. “믿어주는 대로 행동하게 되어 있어. 저 인간이 나를 쏘겠구나, 하면 결국 쏘게 돼. 개를 풀걸 그랬어. 해코지를 기대하셨으니 조금은 해코지해드렸어야 하는 거 아닌가, 기대에 부응했어야 하는 거 아닌가 싶어. 그리고 신뢰 얘기가 나와서 말인데, 돌아와보니 쓸개를 빼 갔더라고.”

두 사람은 다시 도랑으로 돌아왔다. 멧돼지 눈알은 까마귀가 파먹어 없었다. 그건 괜찮았다. 그러나 쓸개는 1백만 원을 호가했다.

"웬 꼬마가 도랑 주변을 얼쩡거렸대. 겁도 없이. 우리 계좌에서 백만 원을 인출해 간 거지. 오늘 나 너무 재수 사납잖아. 여자한테 엿 먹고 애한테 엿 먹고. 그래서 주신 것 같아."

두꺼비 집 아래, — 목경은 지금도 헷갈린다. 손을 덮은 흙무덤은 두꺼비의 헌 집인가, 새집인가 — 쓸개가 개미 떼에 뜯기며 부패 중이었다. 목경은 쓸개를 훔쳐 간 범인이 아까 자신과 놀아주었던 키 작은 오빠임을 알았다. 목경은 빨간 남방에서 말하고 싶었다. '그 오빠, 꼬마 아니에요, 중학생이에요.' 그러나 무언가가 목경을 가로막았다. 빨간 티코 여자가 몸을 꺾고 위태롭게 운전하며 느낀 감각. 고모가 고개를 끄덕이며 느끼는 감각. 목경은 사람을 얼어붙게 하는 공포의 감각을 배우고 있었다.

"그래서 주께서 당신을 주셨나 봐." 빨간 남방이 수줍게 말했다. "오늘 주께서 나한테 너무하셨잖아. 그래서 좋은 몫을 주신 거지. 사냥하는 여자라니. 자기 멧돼지 잡아봤어? 자기 총 뭐 써?"

고모가 모델명을 말하자 빨간 남방이 박수 치며 웃었다. "우리 자기 허세가 장난이 아니네. 덕배라니!"

"우리 고모 총 이름 그거 아닌데요? '츄츄'인데요?"

목경이 쏘아붙였다.

목경은 왠지 부아가 났다. 공포에 통달하기에는 목경은 인내심이 부족했다. 짜증스러운 공포를 아이의 천진한 비현실감으로 밀어냈고 그러다 짜증이 좀 샜다. 목경은 덕배가 더블 배럴 샷건, 총의 종류를 의미한다는 것을 몰랐다. 생소한 외국어 낱말을 구수한 한국어로 바꾸어 은어로 삼는 사냥꾼의 문화도. 어쨌든 목경 때문에 '츄츄'가 발각되었다. '츄츄'는 사적인 것이었다. 고모가 내보이고 있는 딱딱한 가면 안의 것이었다. 빨간 남방도 그것을 알아차렸다. 그는 수색견이 실종자의 티셔츠 냄새를 맡듯 '츄츄'라는 고모의 사생활에 코를 박고 킁킁댔다.

"귀여워 돌아버리겠네. 총에 이름을 다 붙였어? '츄츄'가 무슨 뜻이야? 말해봐. 에이, 말해봐요. 무슨 뜻이냐니까?"

고모는 침묵했다. 기분 나쁜 티가 났다. 시시덕대던 빨간 남방의 표정이 바뀌었다. 어느덧 멧돼지는 네모가 되어 있었다. 각 뜬 고기는 파출소 사람들에게 전달될 것이다. 다섯 사람은 침묵에 빠져 모닥불에 시선을 고정했다. 불과 마주한 얼굴은 뜨겁다 못해 따갑고 추위에 노출된 등은 무감각했다. 무경은 등이 뜨겁고 얼굴이 차가울 터였다. 무경은 모닥불을 등지고 어둠을 보며 앉아 있었다.

"떫어? 떫음, 가."

파란 남방이 고모에게 말했다.

"야, 왜 또 그래."

빨간 남방이 자신의 총을 쓰다듬으며 파란 남방을 말렸다. 파란 남방은 흥분을 가라앉힐 의향이 없어 보였다. 사실 빨간 남방도 친구를 말릴지 부추길지 너 하는 거 봐서, 하는 얼굴로 고모를 뚫어지게 보고 있었다.

"아줌마, 안 말려. 가. 애들 데리고 가서 총 찾아. 왜 여기서 이러고 있어? 남의 불 쬐고 남의 호의 바라면서 왜 여기 이러고 앉았어?"

"아니, 그게 아니고요."

고모가 머리를 조아리며 말했다.

"할 수 있잖아." 파란 남방이 말했다. "할 수 있는데 하기 싫은 거잖아. 만약 당신이 다리가 부러져서 걸을 수 없고, 산을 오를 수 없고, 총을 찾으러 갈 수 없다면 나는 목숨을 바쳐서라도 도와줄 거야. 그런데 아니잖아. 할 순 있는데 하기 싫은 거잖아. 그런데 내가 왜 당신을 도와야 해? 더군다나 당신이 우리에게 작은 기쁨도 주지 않는다면."

"그거네!"

빨간 남방이 외쳤다.

빨간 남방의 사타구니께에서 까닥이던 총이 멈췄다. 페니스의 연장인 듯 개머리판을 귀두 끝에 댄 총이 약간

들린 위치에서 정지했다.

"나 알았어! '츄츄'의 비밀! 츄! 츄! 고추! 꼬츄! 거시기! 꼬츄! 츄츄! 총이 당신의 서방이구나!"

빨간 남방이 웃으며 총을 위아래로 막 흔들어댔다.

총포 · 도검 · 화약류 등의 안전 관리에 관한 법률에 따르면 총포의 소지허가를 받은 자는 그 총포를 총집에 넣거나 포장하여 보관 · 휴대 또는 운반하여야 하며, 보관 · 휴대 또는 운반 시 그 총포에 실탄이나 공포탄을 장전하여서는 아니 된다. 2021년 12월 18일 낮 12시 30분께 제주시 노형동 월산정수장 입구 교차로에서 육십대 수렵인 A씨가 신호 대기로 정차 중이던 자신의 차량 안에서 총기 반납을 위해 엽탄을 제거하려다 총을 놓쳐 운전석 창문을 향해 엽탄이 발사되었다.「대낮에 빵, 계속되는 총기 오발 사고, 엽사들 왜 이러나」

뭘 모르고 하는 소리다, 그것이 빨간 남방의 지론이었다. 책상물림의 한심한 탁상공론이다. 멧돼지는 설맞으면 내장을 줄줄 흘리면서도 사람에게 달려드는 동물이다. 돌진하는 동물이다. 그런데도 법을 지킨답시고, 총을 '휴대' 중이라고, 실탄을 빼놓아야 할까?

멧비둘기가 총소리에 날아갔다.

총소리가 마을까지 들렸을까. 축사의 소는 유산하고 주민들은 몽둥이를 들고 달리고 있을까. 무경이 사라진 걸

깨달은 건 총이 발사되고 한참 뒤였다. 남자들은 두번째 수색에 나서야 했다. 개들은 생뚱맞게도 또 한 마리의 멧돼지를 도랑에 몰아넣었다. 그들은 그렇게 훈련받았다.

3

고모는 연고가 없는 지역의 작은 종교 공동체에서 죽었다. 목경은 구글에 해당 종교 공동체를 검색해봤다. 나오는 게 없었다. 고모의 사인도 단순 병사였다. 실제 그곳은 종교 집단보다 세속적인 생활 공동체에 가까웠다. 의지가지없는 사람들이 모여 낮 동안 각자 일하고 밤에 같이 부침개를 해 먹는 곳이었다. 교주도, 의식도 없었다. 그러나 공동체 앞에 붙은 '종교' 자가 가족들을 수치스럽게 만들었고 죽음을 쉬쉬하게 했다. 그래서였을까. 목경이 장례식에서 가장 자주 들은 단어가 '기본'이었다. 어른들은 모두 '기본'으로 하라고 했다 — "큰아버지, 불러드릴게요. 수의 1호, 면 74퍼센트, 폴리 26퍼센트, 25만 원. 수의 2호, 면 백 퍼센트, 45만 원. 수의 3호, 대마 백 퍼센트, 150만 원. 어떻게 할까요?" "기본으로 하렴." 장례에서 기본은 최저가를 의미했다.

고모의 장례식에 무경은 오지 않았다. 무경이 집 밖에

나오지 않는 사람이 된 지 오래였다. 목경에게 언니의 몫까지 하려는 강박관념이 있었을까. 가끔 자신이 가족 행사에 지나치게 열성적이라고 느낄 때 목경은 언니가 집에서 자신을 조종하고 있는 듯한 느낌을 받았다. 목경은 기둥에 기대 사람들이 하는 이야기를 들었다. 이따금 기둥에서 몸을 떼고 상조 회사 직원의 속을 뒤집으며. "아니요, 방울토마토와 귤요, 기본요. 그거면 충분해요."

"……기억나요? 필리핀에서 전화 왔었잖아요. 애들 고모가 다쳤다고."

"기억나요. 필리핀 사람들이 돈을 부치라고 했었죠? 얼마였죠?"

"2백요."

"피싱이었나요?"

"모르죠. 어쨌든 돈은 부쳤어요."

"대단하세요."

"애들 아빠는 보내지 말라고 했어요. 그 사람, 자기 동생을 끝까지 용서 못 했어요. 고모가 그 사람이 들어준 실비 보험을 날렸거든요. 애 아빠가 10년을 붓다가 책임감을 키워주려고 고모더러 내라고 했던 건데 안 냈죠. 한 달에 만 6천 원만 내면 되었는데. 자기 인생을 방치하는 사람에게 가장 맡기지 말아야 할 게 뭔지 알아요? 보험료예요. 무경이 건 우리가 평생 낼 거예요."

목경도 그날을 기억했다. 필리핀에서 전화가 왔던 날. 고모가 가족과 연락을 끊은 지 3, 4 년이 지났을 무렵이었다. 수화기 너머로 사람들이 웃고 떠드는 소리가 들렸다. 파티 중인 듯했다. 타칼로그어, 핑글리시Phinglish, 한국어가 뒤섞였다. 어떤 사람이 서툰 한국말로 고모가 총에 맞았다고 했다. 치료비로 2백만 원이 필요하다고. 목경의 아버지가 고모를 바꿔달라고 하자 아파서 못 받는다고 했다. 뜨문뜨문 — 목경과 부모는 거실에 있었고, 무경은 방에 있었다 — 코이카, 선생님, 디어dear 또는 deer, 이머전시 emergency 같은 말이 들렸다. 목경의 아버지가 전화를 끊자 전화가 계속 울렸다.

목경의 아버지는 끝까지 전화를 받지 않았다. 대신 그는 화를 냈다. 화로 불안을 밀어냈다. 그는 고모의 무책임에 대해, 보험을 날린 것에 대해, 그래 놓고 자신에게 미래에 MRI 촬영비와 방사선 치료비를 청구할 것에 대해, 돈을 주든 안 주든 괴로울 수밖에 없는 자신의 무력감에 대해 미리 분통을 터뜨렸다.

보이스 피싱 가능성을 제기한 사람은 엄마였다. 두 사람은 웅크리고 필리핀 보이스 피싱, 필리핀 국제번호, 필리핀 총기 사고 등을 찾아봤다. 목경은 무경이 이 모든 소동을 듣고 있을지 궁금했다. '언니는 알잖아.' 당장 언니의 방으로 뛰어 들어가 이 일에 대해, 오래전 겨울 여행에 대해 말하고 싶었다. '언니, 필리핀은 사슴이 유해 조수인가 봐. 고모는 필리핀에서 사슴 사냥을 하나 봐. 총에 맞았나 봐.'

목경은 언니의 방으로 가는 대신 자신의 방에서 통장을 가지고 나왔다.

무경이 발견된 곳은 아파트 단지였다. 다음 날 아침이었고, 빨간 남방과 파란 남방이 흥미를 잃고 돌아간 지 오래였다. 그들이 헤매고 다녔던 산의 끝자락에 있는 아파트였다. 무경은 언 계곡을 따라 아래로 내려왔다. 하류에 다다르자 건너편으로 아파트가 보였다.

밤에 눈이 왔었다. 눈이 녹은 아파트 정문 쪽과 달리 뒤쪽은 여전히 눈밭이었다. 무경은 거기 있었다. 산에 면한 아파트 뒤편. 영구임대아파트 구역. 아파트 관리소 직원이 창고에서 염화칼슘을 꺼내려다 눈 쌓인 비닐 아래 '츄츄'를 안고 있는 무경을 발견했다. 총은 경찰서에 갇히고 무경은 고모에게 인계되었다. 멧돼지 고기를 받았는지 경찰은 고모를 그냥 보내줬다.

세 사람은 올 때 그랬던 것처럼 갈 때도 많이 걷고 택시를 타고 기차를 타고 그러고도 또 걸었다. 세 사람은 집에 올 때까지 말이 없었다. 목경이 한번 꾸우꾸, 했다가 다시 조용히 했을 뿐이다. 집에 오자 무경은 곧장 자기 방으로 갔다. 긴장이 풀린 목경이 슬슬 울음을 터뜨리려는데 고모가 무경을 쫓아갔다. 하는 수 없이 목경도 따라 들어갔다. 언니는 맞을 터였다. 그런 사고를 치다니 맞아도 쌌다. 그러나 고모는 무경을 때리지 않았다. 안아주지도 않았다. 둘은 대치하듯 멀리 떨어져 서로를 뚫어지게 보았다. 그런 두 사람을 목경은 침대에서 내려다보았다. 침대에서 뛰어봤지만 소용없었다.

목경은 그 순간을 오래 기억했다. 고모와 무경 사이에 피어나던 묘한 거리 감각. 두 사람은 친하지 않았다. 앞으로도 가까워지지 않을 것이었다. 두 사람이 손을 잡거나 살을 부비거나 땀방울을 빨아 먹는 일 따위 없을 것이었다. 그러나 서로를 못 박힌 듯 강렬히 보는 눈빛에서 목경이 영원히 따라잡을 수 없을 원감(遠感)이, 깊은 이해가 일어나고 있었다.

“왜 그랬니?”

고모가 물었다.

“나도 해봤어요.” 무경이 말했다. “할 순 있지만 정말 하기 싫은 일. 고모의 그 일을, 내가 했어요.”

고모는 만화에 나오는 사람처럼 웃었다. 그러더니 이런 소릴 — 목경은 억장이 무너졌다 — 하는 게 아닌가.

"너는 내 딸이구나."

"고모, 나 열 나요."

목경이 말했다. 그날이 목경이 고모에게 처음으로 존댓말을 쓴 날이었다.

4

물론 무경이 고모의 진짜 딸은 아니었다. 너는 내 딸이구나. 그 말은 고모의 귀족 의식을 보여준다. 고모가 그 말을 했을 때 목경은 자신이 대관식을 보고 있음을 알았다. 누구도 모르는 고모의 비밀 원칙을 언니가 알아차렸다. 그리하여 고모는 자신이 아니라 언니에게 왕관을 수여한 것이다. 내적 기준이라고도 부를 수 있을, 고모의 비밀스러운 원칙을 알고 보면 고모의 가출은 다르게 보인다. 무경은 고작 열두 살의 나이에 그것을 알았을 뿐 아니라 더없이 간명하게 표현했다. 할 순 있지만 정말 하기 싫은 일.

그것은 할 수 없는 일과 다르다. 할 수는 있다. 할 수는 있는데 정말 하기 싫다. 때려 죽여도 하기 싫다. 그러나 정말 때려 죽이려고 달려들면 할 수는 있는 일이다. 그것은 가능이 아니라 선택의 영역에 속하는 일이다.

그 일을 대신 해준다는 것이 고모에게 어떤 의미였을

까. 목경과 무경의 부모가 밖으로 돌았을 때. 자식을 굶겨 죽일 만큼 정신이 나가지는 않았지만 애들을 돌보기가 죽기보다 싫었을 때, 놓아지지 않는 정신이, 최소한의 양심이 저주처럼 느껴졌을 때, 차라리 불능이길 바랐을 때, 그럴 때 나타난다는 것이, 게다가 아무 설명 없이 생색 없이 철없는 가출의 형식으로 나타나 상대가 가장 바라는 것을 해준다는 것이 고모에게는 어떤 의미였을까.

좋은 마음만은 아니었을 거라고, 목경은 생각했다. 메리 포핀스처럼 날아다니며 '할 순 있지만 정말 하기 싫은 일'에 빠진 사람들 앞에 짠, 나타나는 고모에게는 오만한 고약함도 있었다. 그러나 목경은 무수한 의도 중에서 실오라기 같은 악의를 건져 올리려는 결벽증을 버린 지 오래였다. 고모의 의도가 무엇이었든 사람들은 시간을 벌었다. 할 순 있지만 정말 하기 싫은 일이, 결코 하고 싶어지지는 않겠지만, 하기 싫은 일로 바뀔 때까지 숨 돌릴 틈을 얻었다.

목경의 마음을 아프게 한 것은 언니가 너무 어린 나이에 그것을 알았다는 사실이었다. 겨울의 산에서 고모는 남방들의 어떠한 공격에도 웃으며 그들 너머의 어둠을 흘금거렸을 것이다. 산에서 얼어 죽을 수도 있지만, 복수심에 불타는 멧돼지의 송곳니에 치일 수도 있지만, 그래도 다리가 부러지지는 않았으니까, 말 그대로 발을 움직여 갈 수는 있으니까…… 고모는 몇 번이나 조카들과 모닥불 가를 박차고 나와 숲을 헤매는 상상을 했다. 할 순 있지만 정말 하기 싫은 일. 때려 죽여도 하기 싫은 일. 실은 너무 두려운 일. 왜 할 수 없는 일보다 할 수 있다고 믿는 일이 사람에게 더욱 수치심을 안겨주는 것일까. 무경은 고모의 그 일을 해주었다. 고모는 무경이 그 일을 해주었을 때 자기 안에 있는 구원을 바라는 마음을 보았다. 대체 언니는 어떤 눈을 지녔기에 그 나이에 그 마음을 봤을까, 목경은 아찔해지곤 했다.

"실뜨기에서 실을 꼬집어 올리는 것처럼요, 이렇게."

작가인 동생이 손 집게를 우아하게 올리며 말했다.

두 사람은 아직도 카페에서 집에 간 친구를 기다리고 있었다.

"단편소설에서 결정적인 순간을 만든다는 것은 어떤 한 포인트를 융기시킨다는 것을 의미해요. 그 불쑥 솟은 한 순간 아래 모든 문장과 장면이 깔리게 되는 거죠. 좀 비민주적이지 않아요?"

"너를 어쩌면 좋니." 언니가 웃으며 말했다. "그나저나 얘는 왜 이렇게 안 와? 맡아봐. 쉬었니?"

"완전 갔어요."

동생이 머그잔을 치우며 말했다.

목경의 자리까지 생고기 쉰내가 풍겼다.

동생은 소설에 대해 말하고 있었지만, 목경은 동생의 말을 따다 자기 상황에 대입해보았다. 특히 불쑥 솟은 한 순간과, 그 아래 깔린 시시한 것들에 대해. '한 방'이 지닌 특권에 대해.

고모가 언니를 딸로 임명했을 때 목경은 무엇보다 분했다. 고모를 사랑한 것은 자신이었다. 고모와 시간을 보낸 것은 자신이었다. 고모와 살을 비비고 땀을 핥은 것은 언니가 아니라 자신이었다. 그러나 두 사람은 한 순간 깊이 닿았고, 고모가 죽기 직전 떠올릴 한 순간을 골라야 했다면 언니와의 기억을 택했을 것이다. 이 얼마나 분한가!

그러나 목경은 또한 알고 있었다. 어떤 기억은 통으로 온다. 가슴을 빠개며 기억의 방이 통째로 들어온다. 장의사가 고모의 발에 씌운, 삼베 버선 끝에 맺힌 기억도 그랬다.

오래전 어느 날, 모래 고모와 목경과 무경은 목욕탕에 갔다. 세 사람이 들어간 탕은 수온이 적당해 사람이 많았다. 어떤 엄마와 아이가 탕에 들어왔다. 처음에 목경은 아이가 버르장머리 없이 큰 아이인 줄 알았다. 아이는 손으로 코를 풀어 탕 속에서 비볐다. 그 짓을 계속했다. 아이의 콧물로 물이 더러워졌다. 아이 엄마는 고개를 외로 꼬고 못 본 체했다. 장애가 있는 아이였다.

사람들이 다른 탕으로 가기 시작했다. 거리낌 없이 일어나 엉덩이 주변으로 물을 튀기며 하나둘 열탕으로 옮겨 갔다. 목경도 사람들을 따라갔다. 마침내 탕에서 빠져나왔을 때, 목경은 뒤에 아무도 없다는 것을 알았다.

목경은 사람들이 모인 열탕을 지나 그대로 샤워부스로 갔다. 샤워기 옆 거울에 기증 단체명이 적혀 있었다. (증)둥지협동조합. 거울이 수증기에 젖어 흐렸다. 목경이 팔로 거울을 문질렀다. 짧은 순간, 뒤가 비쳤다. 고모와 언니가 보였다. 아이와 아이 엄마도. 그들은 그대로 탕 안에 있었다. 수증기가 밀려왔다. 고모와 언니는 (증)둥지협동조합과 함께 다시 흐려졌다.

인터뷰

이미상 X 이소

이소 첫 장면에 등장하는 대화가 인상적입니다. 소설의 창작에 관해 논하는 두 작가의 대화는 우리가 삶에 관해 말할 때와도 유사해 보입니다. 타인의 삶에 대해 단정 지어 비판하거나, 타인의 공격을 미리 짐작하여 자기비판과 자기 옹호 사이를 오가는 것은 우리에게 드물지 않은 모습입니다. 때로는 이해할 수 없는 광인보다 이해 가능한 속물을 견디기가 어렵기에, 목경은 두 작가가 나누는 대화를 쉽게 파악하는 동시에 지겨움을 느끼며 냉소합니다. 그런데 그때 '세번째 여자'가 나타나지요. 그녀는 어떤 소설을 쓸지 고민하는 사람이 아니라 몸소 소설적인 순간을 보여주는 사람입니다. 가끔 저는 그렇게 오로지 자신의 방식대로 살아버리는 사람을 목격했을 때 알 수 없는 열패감에 빠집니다. 그 순간 덮쳐오는 마음을, 무어라 해야 할까요. 제가 가진 것을 한순간에 비루하게 만들어버리는 사람들은 제가 가진 것보다 더 훌륭한 것을 가졌거나 더 많은 것을 지닌 사람이 아니라, '세번째 여자'처럼 하나의 이미지로 존재하는 사람입니다. 문득 작가님에게도 이런 마음과 이런 마음을 불러일으키는 사람이 있는지 궁금해집니다.

이미상 처음부터 어렵고 흥미로운 질문입니다. 질문을 받고 떠올려보았습니다. 저에게도 이미지로 존재하는 사람, 마음에 잊을 수 없는 이미지로 박힌 사람, 그것을 가능케 하는 특별한 사람이 있는지. 몇몇 장면이 떠올랐지만 그것은 상대의 속성이기보다 제가 그 사람을 그런 이미지로 봤기 때문에, 고정시켰기 때문인 듯합니다. 분명 소설에서 세번째 여자는 두 친구의 대화를 손쉽게 이겨먹는 소설적 순간의 현현으로 기능하는 면이 있습니다. 마치 두 친구는 엉덩이를 뒤뚱대며 경보하고 있는데 갑자기 세번째 여자가 장대 들고 뛰어와 휙 넘는 식이죠. 그런데 세번째 여자도 억울할 것 같습니다. 누군들 다른 사람 마음에 몇몇 이미지로, 절벽에 돋을새김한 불상처럼 남고 싶을까요. 소설로 돌아가보면 소설은 '한 방'의 특권에 대해 말하지만 사실 '한 방'으로 존재하는 사람은 계속 그 '한 방'으로 재생되는 듯합니다. 장대높이뛰기의 이미지를 조금 더 이어가면, 두 친구는 머리 위로 날아오르는 친구가 얄미울 수 있지만, 그를 그렇게 보는 이상 그는 오로지 장대높이뛰기밖에 할 수 없지 않을까요. 휜 장대가 펴지는 순간 솟구쳤다가, 정점에서 거꾸로 섰다가, 부드럽게 내려오는 일만 무한히 말입니다.

이소 목경은 고모를 '귀족'이라 느끼고, 한순간이나마 고모와 깊게 닿았던 언니를 고모의 후계자로 생각합니다. 그들의 귀족적인 면모는 타인의 '할 순 있지만 정말 하기 싫은 일'을 결정적인 순간에 대신 감수함으로써 발휘됩니다. 거기에는 선의로만 해석할 수 없는 "오만한 고약함"도 담겨 있기에 진정 귀족적인 것입니다. 하지만 다른 한편, 지금의 무경은 평생 보험료를 내주겠노라 결심한 부모와 "언니의 몫까지 하려는 강박관념"을 지닌 목경 덕분에 생활을 영위할 수 있습니다. 무경 같은 사람이 한 명 살아가기 위해서는 많은 이들이 그의 '하기 싫은 일'을 대신 감당해주지 않으면 안 됩니다. 또한, 고모와 무경이 사는 방식에도 상당한 차이가 있습니다. 고모가 어떤 집안에나 꼭 한 명쯤 있을 법한 '여성 잉여 노동력'으로 "가사와 돌봄과 간병 노동을 제공"해왔다면, 무경은 완전한 '잉여'로서 현실과 단절해 있습니다. 그렇다면 고모와 무경이 귀족적인 진짜 이유는 단지 '하기 싫은 일'을 감행해서가 아니라 자신이 수행한 '하기 싫은 일'을 특별한 것으로 만들었기 때문은 아닌지 궁금해집니다. 그들은 몇몇 순간을 통해 '그렇게 살 수밖에 없는 사람'으로 인정(또는 포기)받은 후 나머지 다른 의무로부터 면제되는 삶을 얻은 듯 보이니까요. 특히 무경은 목경을 비롯한 다른 사람들에게 '그렇게 살 수밖에 없는 사람은 그렇게 살도록 해주어야 한다' 정도로 요약되는 정언명령이 새겨지도록 강제한다는 점에서 고모보다 더욱 귀족적으로 느껴집니다. 이렇게 사뭇 다른 삶을 살아가는 두 사람이 '귀족'으로 묶이고 그들을 가장 가까이서 본 목경이 그 연관을 승인한다는 사실이 모순적이고도 의미심장합니다. 이에 대해 조금 더 자세히 듣고 싶습니다.

이미상 질문을 조금 분리해서 답할까 합니다. 우선 고모와 무경의 귀족적인 면모는 '할 순 있지만 정말 하기 싫은 일'(이하 'CAN/DISLIKE')을 대신 해줘서이기도 하지만, 그전에 그런 일을 알아볼 수 있는 눈을 가졌기 때문이 아닐까 싶습니다. 그러니까 도식화하면 ①다른 사람의 'CAN/DISLIKE'

를 알아보는 눈. ②'CAN/DISLIKE'의 대리 수행. ③'CAN/DISLIKE'를 대리해준 자신을 특별하게 보는 눈. 이 세 가지를 갖춰야 할지도요. 고모는 ①, ②, ③ 모두 가졌고, 무경은 ①, ②는 있는데 ③은 있는지 없는지 모르겠고, 목경은 엉뚱하게도 ②를 가진 듯합니다(소설에 그 증거를 슬쩍 넣어놓았는데 표현이 잘 되었는지 모르겠습니다). 여하튼 셋 중 가장 중요한 것은 ①이 아닐까 합니다. 다른 사람의 곤경을 알아보는 고매한 눈. 고모는 오빠 부부의 곤경을 알아보고, 무경은 고모의 곤경을 알아봅니다. 두 사람은 어떻게 그런 눈을 가질 수 있었을까요? 유전자의 신묘한 조합으로? 단순 시력으로? 그에 대한 제 나름의 답을 이제야 어렴풋이 찾은 것 같습니다. 그래서 소설에는 그 답이 담겨 있지 않습니다. 왜냐하면 이 질문지를 받기 전까지 몰랐기 때문입니다. 질문을 받기 전까지 저는 ①, ②, ③이라는 구분을 비롯해(이 같은 기계적 구분에 따라 캐릭터를 형성한 것은 아니고, 제가 제3자로서 제 글을 본다면 이렇게 구분할 것 같습니다), '고모와 무경'을 귀족으로 묶어주는, 제 표현으로 하자면 두 사람이 가진 고매한 눈을 가능케 하는 조건에 대해 면밀히 생각하지 않았기 때문입니다. 소설을 쓸 적에는 그저 목경과 똑같이 언니가 고모의 곤경을 어떻게 알아봤을까, 진심으로 궁금해하며 두리번댔을 뿐입니다. 그래서 다행이기도 하고 아쉽기도 합니다. 그래서 소설을 다 쓰고, 또 이 질문을 받고서야 뒤늦게 알아차린 게 무엇이냐, 이 소설에 누락되어 있는 그게 대체 뭐냐, 묻는다면 그것은 언젠가 다른 소설로 답할 수 있을 겁니다. 왜냐하면 무언가를 더 안(다고 믿는) 상태에서 쓰면 그것은 다른 소설이 되기 때문입니다. 새삼 질문의 가치를 생각하게 됩니다. 소설은 제가 제 자신에게 질문하고 답하는 폐쇄적인 과정에 가깝다고 느껴집니다. 하지만 글이 세상에 나오고 질문을 받고 독자 평을 접하면서 제가 쓴 것의 부족한 부분, 미처 가닿지 못한 부분을 보게 됩니다. 이미 해당 소설은 끝났습니다. 그래도 뒤늦게 본 것, 안다고 믿게 된 것, 전작의 부족함을 받아들이는 과정 자체가 다음 소설을 쓰게 하는 가장 큰 동력인 듯합니다.

또한 무경이 완전한 잉여로 비치는 것은 소설에서 무경을 설명하는 부분이 실제로 적고, 또한 제가 어느 정도는 무경을 상투적인 인물로 그렸기 때문일 것입니다. 무경에 대해 많이 썼다가 지웠습니다. 무경이 왜 그렇게 되었는지를 구구절절 쓰다가 관두었고, 대신 무경이 어떻게 사는지 묘사했다가(소설에 조금 남겨두었습니다) 왜 넣어야 하는지 스스로 잘 납득이 되지 않아 뺐습니다. 그냥 무경을 잘 이해하지 못한 것 같습니다. 그러나 이런 인물, 어려워서 그만 상투적으로 그리고 만 인물은 쓴 사람에게는 오래 남고 결국 나중에 주인공 자리를 꿰차기도 합니다.

그리고 고모의 보험 실효 사태를 반면교사 삼아 딸의 보험료를 평생 대겠다고 다짐하는 목경 · 무경 자매의 부모에 대해 말해보자면, 저는 약간의 개인적 경험으로 이런 생각을 가지고 있습니다. 훗날 병원비로 큰돈이 깨질 것이 불안해, 신뢰하지 않는 가족 구성원의 보험료를 대신 내주는 사람들이 있습니다. 그들이 자기 불안의 몫을 전혀 모를 때, 그것을 일절 인정하지 않을 때, 피보험자는 아파도 말하지 않아버리기도 합니다. 보험을 사용하지 않아버리기도 합니다. 그럼으로써 자존을 지키기도 합니다.

이소 연결되는 질문을 사냥터 장면에 집중하여 다시 여쭙고자 합니다. 고모가 무경과 목경을 데리고 사냥을 가는 장면은 다소 기묘합니다. 조카들에게 거울 조각이 붙은 조끼를 입힐 정도로 사냥터의 위험을 익히 알고 있는 고모가 굳이 어린아이들을 데리고 간다는 점이 의아하게 보이지만, 동시에 그 모습이 흡사 '신민들'을 거느리고 자신의 영지로 향하는 '귀족'처럼 보여 자연스럽기도 합니다. 그런데 문제는 그곳에서 고모가 귀족적인 품위를 유지할 수 없다는 점이겠지요. '총을 잃어버린 고모'는 총을 든 남자들 앞에서 느끼는 공포와 이곳을 박차고 나가 조카들과 어두운 산길을 헤매는 공포 중 어느 것이 더 끔찍한지 저울질을 멈추지 못합니다. 마치 오염된 공기를 들이마시듯 고모의 품위는 점점 위축됩니다. 이 아슬아슬한 순간, 독자들은 '여성이라면' 누구나 두려워할 만한 상황에 놓인 고모가 안쓰러우면서도 '여성이기에' 남자들의 도움을 기대하며 무례를 감수하는 고모가 실망스러울 수도 있습니다. 이때 고모는 마치 '여성'과 '귀족'은 동시에 가능하지 않은 것처럼, 둘 사이에는 반드시 결락된 지점이 존재하는 것처럼 보이기 때문입니다.

그런 맥락에서, 고모를 대신하여 '하기 싫은 일'을 감당하고 총을 되찾은 무경이 그 후 "현실에서 멀어져 어딘가로 흘러간" 것은 어떤 상속의 결과라고 해야 할까요. '여성'을 제외하고 '귀족'만을 수락한 것일까요, 혹은 그 상속마저 거부한 새로운 귀족의 탄생일까요, 혹은 애초부터 이 모든 것은 그저 '한 방'에 불과한 것이었을까요. 목경이 '선택적 가능 상태'에서 '전면적 불능 상태'로 전환한 무경의 삶을 여전히 고모의 삶과 겹쳐 본다는 점이 흥미롭습니다.

이미상 '여성 VS 귀족.' 포스트잇에 써서 모니터에도 붙여 놓았으나…… 만족할 만한 답을 생각해내지 못했습니다. 민망합니다. 다음 질문에서 분발하겠습니다. 의미 있는 해석이고 질문이라고 생각합니다. 질문과 답변이라는 형식에서 답변이 주인공처럼 느껴지지만 많은 경우 재미는 질문에 있죠. 이 인터뷰도 그렇다고 생각합니다.

이소 지금 무경이 "집 밖에 나오지 않는 사람"으로 사는 방식이 '하기 싫어서 하지 않는 삶'인지, '할 수 없어서 하지 않는 삶'인지 구별하기는 어렵습니다. 마찬가지로 고모가 모닥불가를 박차고 나오지 않은 것이 '할 수 있지만 하기 싫었던 것'인지, '하고 싶지만 할 수 없었던 것'인지 저는 판단하기 어렵습니다. 정말 '할 수 있음/할 수 없음/하고 싶음/하기 싫음'은 명확히 구별될 수 있는 것일까요. 소설에서 특권적인 위치에 놓여 있는 '할 순 있지만 하기 싫은 일'에 대해 조금 더 부연해주실 수 있을까요.

이미상 소설을 쓰면서 저도 같은 고민을 했습니다. 결론적으로 저도 구별할 수 없었습니다. 머리 터지게 꿰어 맞추면 얼추 구별의 기준을 세울 수 있을지도 모르겠지만 사실은 못 합니다. 현실에서도 어렵습니다. 고모가 야밤에 산에서 총을 찾는 일이 다리가 멀쩡하다는 이유만으로 정말 할 수 있는 일일까요. 이것은 답을 정해놓고 하는 질문이 아니라 정말 여전히 제 안에서 진행 중인 물음입니다. 구별의 기준은 모호하지만 생생한 것도 있었습니다. 수치심이란 감정이 그건데요. 저에게 생생했던 것은 다음과 같습니다. 왜 할 수 없다고 완전히 받아들이고 투항할 때보다, 할 수 있다고 믿을 때 수치심이 더 깊은지. 가끔 저는 '할 수 있지만 할 수 없다'는 모순적 상태에 시달리다가 '할 수 없다'로 이동하면서 안식을 얻곤 합니다. 같은 일에 대해 그러한 감정의 이동이 일어납니다. 흠, 쓰다 보니 '할 수 있지만 정말 하기 싫은 일' 대신 '할 수 있지만 할 수 없다'라는 모순적 상태에 대해 쓰는 게 더 나았을까 또 한 번 후회가 밀려옵니다. 뭐가 더 나은지 투표에 부치고 싶네요. 그러나 이래도 저래도 늘 후회는 남습니다. 그리고 왠지 '할 수 있지만 정말 하기 싫은 일'이 더 가볍고, 그리하여 서로가 서로에게 해줄 수 있는 여지가 열리는 듯합니다.

최근에 하마구치 류스케의 「해피 아워」를 봤습니다

다. 거기에도 제가 느끼기에 'CAN/DISLIKE'적 상황이 나옵니다. 주인공 중 한 명이 아들의 여자친구 집에 사과하러 가야 하는 상황입니다. 아들과 여자친구 둘 다 십대로, 여자친구가 임신했습니다. 그래서 그 집에 '사죄금'을 전하며 사과하러 가야 합니다. 그런데 남편이 일이 바쁘다고 아내더러 혼자 가란 겁니다. 혼자 여자친구의 부모에게 머리를 조아리러 가란 겁니다. 할 수 있죠. 혼자 갈 수 있죠. 하지만 얼마나 싫겠습니까. 의지할 사람 하나 없이 혼자 거기 간다는 게. 그때 시어머니가 자기 아들 머리통을 한 대 때리고 며느리와 같이 가줍니다. 가서 며느리보다 더 열심히 사과하고 머리를 숙입니다. 시어머니도 가기 싫었을 것입니다. 하기 싫었을 것입니다. 그래도 며느리보다는 하기 싫은 마음이 덜하니, 해줍니다. (물론 아들의 과오를 자신이 대리 해결함으로써 며느리의 불만을 찍어 누르는 효과도 없지 않을 겁니다. 많은 일에는 통 크고 따뜻한 이유와 치사한 이유가 섞여 있고 그것은 얼마나 재밌고 절묘하고 아름다운 일인지 모르겠습니다.) 어쨌든 그런 정도의 일, 받는 이에게는 절실하나 주는 이는 그 정도의 부담까진 아닌 일을 서로에게 해주는 것. 고모가 오빠네 부부를 위해 한 일도 그런 일이지 않을까요. 어쩌면 고모는 많은 일을 그런 생각에서 해왔을 것입니다. 상대도 자신에게 같게 해주길 기다리며.

이소 목경은 아마도 훌륭한 '시민'이 될 수 있을지언정 '귀족'은 될 수 없을 것입니다. 시민은 언제 어디서나 사용 가능한 자원을 축적하고 누구에게나 소통 가능한 말과 글을 다듬습니다. 제정된 법을 준수하는 시민의 눈에 자신의 법을 집행하는 귀족의 매력은 묘한 감정을 불러일으킵니다. 그렇다면 '소설'이란, 지금 우리의 중력과 다른 중력에 사는 사람들을 '부적응자'라고 단언하기보다 '귀족'이라 불러주는 사람, 그렇게 살지는 않지만 그렇게 사는 사람을 알아채고 애정과 아찔함을 느끼는 사람이 쓸 수 있는 것일까요. 죽기 직전 떠올릴 '한 순간'의 주인공이 되지는 못하지만 "어떤 기억은 통으로 온다"는 걸 아는 사람, 흐릿한 거울에 비친 자신의 뒤편에 존재하는 사람들의 모습을 오래오래 새기는 사람, 그런 목경 같은 사람이 소설을 쓰는 걸까요. 다시 액자 밖 이야기에 해당하는 작가들의 대화를 떠올려보면, 이 소설은 '소설을 쓰는 것에 대한 소설' 같기도 합니다.

이미상 부연할 것 없이 멋진 요약이라고 생각합니다. 그리고 '소설을 쓰는 것에 대한 소설'이 제가 이 소설을 쓰며 가장 먼저 생각한 것이기도 합니다. 소위 단편소설의 '정수'라 불리는 것='한 방'이 일상에서 나타난다면 어떻게 나타날까, 소설 읽기/쓰기와 삶이 그다지 분리되어 있지 않다는 것을 어떻게 표현할 수 있을까, 이러한 문제의식이 시작점이었습니다. 그나저나 이 소설이 재귀적 측면을 충족시켰는가, 즉 소설이 주장하는 바를 정작 소설 자신은 지키고 있나, 내적으로 성취하고 있나, 묻는다면 해내지 못했다고, 아무도 묻지 않았지만 혼자 대답해봅니다. 먼저 자백함으로써 위로를 받아내려는 동생 작가처럼 말입니다.

이소 글자의 의미보다 글자의 모양이 먼저 눈에 들어올 때가 있습니다. "모래 고모와 목경과 무경의 모험"이라는 이 소설의 제목도 그랬습니다. 고만고만한 네모들이 나란히 나란히 굴러가는 것처럼 보였다고 한다면 너무 엉뚱한 소리일까요. 이제 모래 고모는 없지만 무경과 목경의 모험까지 끝난 것은 아니겠지요. 소설 이후에도 계속될 둘의 삶이 궁금합니다. 앞으로도 목경은 자신의 몫에 무경의 몫까지 얹어 살아갈까요, 언젠가 무경은 결정적인 순간에 목경이 가장 바라는 것을 기꺼이 내어줄까요.

이미상 부끄럽지만 저도 제목 조금 귀엽다고 생각합니다. 귀엽다고 하지는 않으셨는데 그냥 밀어붙여봅니다. '무경이 결정적인 순간에 목경이 가장 바라는 것을 기꺼이 내어줄까'라는 질문. 무경이 어떻게 할지 모르겠습니다. 그런데 그런 생각을 합니다. 자기 자신이 무척 싫을 때, 자기 좋자고 좋은 일을 할 때가 있는 듯합니다. 어쩌면 다소 이기적인 동기에서 출발하는 선행일 텐데요. 그러나 최소한 오늘, 아니 오늘까지도 됐고, 지금 이 순간, 세상에 내가 존재하지 않는 것보다 존재하는 편이 더 낫다, 더 이롭다,고 믿을 수 있는 짧고 긴 순간이 종종 사람을 살리는 듯합니다.

마지막으로 그동안은 인터뷰에 답변할 때 최대한 설명을 지양하여 소설이 각자에게 다르게 발생시키는 의미를 축소시키지 않으려 애썼는데 이번에는 다르게 해보았습니다. 전자가 원칙으로 굳어져 다르게 해본 것입니다. 무엇이 더 나을까 끝나지 않는 고민입니다. 역시 투표에 부치고 싶네요. 읽어주셔서 감사합니다. 상투적인 말로 보이지만 진심으로 그렇습니다.

강가/Ganga

함윤이

2022년 『서울신문』 신춘문예를 통해 작품 활동을 시작했다.

강가.

이 도시에서는 그렇게 불려야지, 다짐했다.

한국을 떠난 건 사흘 전, 아니, 나흘 전이던가? 시차가 큰 편도 아닌데 헷갈려서 견딜 수가 없다. 확확한 저물녘에 비행기에서 내렸다. 공항을 나선 순간부터 마시는 공기는 후끈후끈, 혹은 후텁지근. 버스를 타고 들어섰던 도시 역시도 축축하고 미적지근. 강 비린내가 섞인 숨을 들이마시고 내쉬었다. 가로등 빛이 물안개에 젖어 십자가 모양으로 번졌다.

강 건너에는 도시가 있다. 강이 도시를 둥글게 감싸며 흐른다. 나는 도시가 마주 보이는 강변의 호텔에 방을 잡았다. 방은 테라스가 딸린 독실로, 커튼을 젖히면 강과 도시가 함께 내려다보인다. 날이 저물자마자 호텔을 나섰다. 나무로 지은 조그만 다리를 건너 도시로 갔다. 원색의 건물들이 거리 양옆으로 늘어서 있었다. 심해 같은 파랑이나 열대 과일 같은 빨강으로 칠한 벽들. 그 사이를 지나면 원형 광장이 나타난다.

광장 한가운데에는 하늘을 올려다보는 여자가 있다. 청동으로 만든 여자다. 한 손은 하늘로 내뻗고, 다른 손으로는 허리를 짚고 있다. 물결치는 긴 머리가 가슴 위로 흘러내린다. 코가 깨진 탓인지 조금쯤 까다로워 보인다. 등에 하얗게 말라붙은 자국은 새똥인지 곰팡이인지 모르겠으나, 모양만큼은 날개 같다. 여자는 분수대 정중앙에 심은 원판을 밟고 서 있다. 그의 발아래 세워진 비석에는 이해할 수 없는 글자들이 가득하다.

지난 며칠간 나는 동상의 주위만 빙글빙글 돌았다. 어젯밤에는 드디어 용기를 내어, 광장을 둘러싼 천막 중 하나에 들어갔다. 곱슬머리를 땋은 여자 두 명이 국수 반죽을 만들고 있었다. 나는 조심스레 물었다. 분수대에 선 여자는 누구이며, 비석엔 무어라 적혀 있나요? 여자들은 반색하면서 답해주었다. 비석에 적힌 말부터 옮기자면, 다음과 같다.

나는 강과 땅 사이에서 태어난다
경계 위로 도시를 세우고
물길을 따라 흘러간다

여자가 이 도시를 세웠다. 황무지나 다름없던 땅에 강물을 끌어들였다. 남편도 아들도 모두 잊은 채, 강줄기의 흐름을 바꾸는 일에만 열중했더랬다. 일종의 물길 조성 사업자였던 셈이다. 여자는 홀로 몇십 년을 일했다. 강이 흐르기 시작하면서, 척박하던 땅에도 생기가 스몄다. 집도 땅도 없는 사람들이 하나둘 이곳에 찾아왔다. 그들은 여자의 손을 잡고 인사했다. 이토록 풍족한 땅을 발견해주어

감사합니다. 당신이 우리에게 집을 만들어주었습니다. 참으로, 진실로 고맙습니다.

여자만은 이 도시에 정착하지 않았다. 어느 날 새벽에, 그는 누구에게도 인사하지 않고 이곳을 떠났다. 맨발로 철벅철벅 강가를 밟으며 물줄기를 따라갔다. 왼발은 물속에, 오른발은 땅 위에 두고 걸었다. 여자의 아들, 완전히 장성한 그 남자만이 강 건너편에 서서 그 모습을 지켜보았다고 한다.

이야기를 듣고 나자, 이 도시에서 쓸 이름이 떠올랐다. 나는 걸어온 길을 되짚어 올라갔다. 새벽녘에 잠긴 다리를 건너, 강변의 호텔로 들어섰다. 조그만 종이에 이름을 적은 뒤 방문에 붙여놓았다.

Ganga.

글자들은 잘 지은 집처럼 견고해 보인다. 입속으로 또 한 번 발음한다. 강가—이 단어는 보통 강줄기와 육지가 맞닿는 부분을 의미한다. 강과 땅 모두의 가장자리이지만, 어느 쪽에도 제대로 속하지 않는다. 강가—이는 지체 높은 집안의 딸이 자신보다 낮은 집안에 시집을 가는 행위를 뜻하기도 한다. 그중에서도 주로 왕족의 딸이 신하의 집으로 시집을 가는 것을 의미한다. 새하얀 천을 얼굴 앞으로 늘어뜨린 여자들이 강둑 위를 걸어가는 모습을 상상한다. 강가한 여자들, 왜 그랬지. 사랑 때문이었나? 다들 행복한 삶을 꾸렸을까?

동시에 강가는 신의 이름이다. 당연하다고 해야 할지, 강가는 강의 신이다. 물의 신 아파의 자매로, 속죄와 정화를 담당한다. 여신은 천상에서 지상으로 내려와 갠지스강으로 변했다. 갠지스강은 인도 북부를 흐른다. 바라나시라는 이름의 도시를 감싸는 강으로도 유명하다.

나는 인도에 가보지 못했고 그리하여 바라나시에도 들른 적 없으나 갠지스강의 외양에 대해서만은 충분히 알고 있다. 나와 함께 일하던 쿠쿠가 바로 그 도시에서 왔기 때문이다. 우리는 매일 마주 보고 서서 얼어붙은 음식들을 포장했다. 만두, 완자, 부꾸미, 볶음밥. 흰 냉기가 피어오르는 것들을 알맞은 봉투에 넣었다. 우리의 손은 늘 얼어붙었으나, 크게 다칠 일은 없었다.

쿠쿠는 틈만 나면 바라나시의 사진을 보여주었다. 진흙빛 강에 몸을 담근 소, 흰 물감을 칠한 얼굴로 돌아다니는 노인들, 전기 화장터에 남은 다리 한 짝. 강을 찍은 사진들은 하나같이 너저분했다. 신의 몸이라 불리는 강치고는 몹시도 더럽게 보였다. 쿠쿠는 말했다. 아냐, 오해야. 새벽에 찍은 사진이 없어서 그래. 사람들이 초를 띄우는 새벽에는 강 전체가 빛나는데, 신처럼 이뻐. 나는 웃었다. 신처럼 이쁘다니. 신이 예쁘니, 보기는 했니. 물어보려 했지만, 때마침 매니저가 지나가서 그만두었다.

그만하자. 이런 얘기는 중요한 게 아니다. 나는 이제 쿠쿠와 일하지 않는다. 여공도 아니다. 나는 지금 강가의 도시에 있다. 깜짝 놀랄 만큼 밝은 분홍색으로 칠한 호텔의 창가에 서서, 테라스 아래로 흐르는 강을 내려다본다.

호텔 앞 강둑에는 늙은 말뚝이 서 있다. 말뚝에 밧줄로 묶인 나룻배가 물살을 따라 출렁인다. 배 한가운데에서는 길고양이 두 마리가 서로의 어깻죽지에 고개를 파묻은 채 잠들어 있다. 고양이들은 물을 두려워하지 않던가. 한국 고양이들만 그런가. 여기 고양이들은 다르나. 되묻다 보니 나는 정말이지 이 도시에 대해 아는 것이 무엇도 없구나. 그저 이맘때에는 도시 전체를 둘러싼 공기가 물속처럼 축축하고 미지근한가 보다, 유추할 뿐이다. 나는 외출복으로 갈아입는다. 셔츠와 치마의 안감 모두가 하얗게 해졌다. 거울 속 얼굴은 피로에 찌들어 있다. 눈 아래 그늘은 구멍처럼 깊고, 입술은 푸르게 버석거린다. 상관이 없다. 예뻐 보이려고 온 건 아니니까.

나는 남자를 사러 이곳에 왔다.

남자를 사러 왔다고 해야 할지, 구하러 왔다고 해야 할지, 이런 경우에는 무슨 표현이 더 적절한가. 나는 모른다. 어디서 누구를 만나야 하는지도 모른다. 매일 저녁 호텔을 나가서 도시로 갈 뿐이다.

로비에 내려오자 접수대의 직원이 고개를 내민다. 그의 머리카락은 형광에 가까운 노란색이다. 정수리 부분만 새까만 것이 얼룩무늬 같다. 눈썹에는 손가락 두 마디 정도 크기의 용 문신이 있다. 그가 킴, 하고 나를 부른다. 나는 그의 말을 정정하려다가 그만둔다. 당장은 누군가에게, 나는 강가입니다, 말하기 부끄럽다. 직원이 묻는다.

오늘은 어디에 갑니까?

오늘도 거리로 갑니다.

오늘도요?

직원이 음, 소리를 내면서 내 쪽으로 몸을 기울인다. 한 손으로는 눈썹을 문지른다. 검은 용이 이런저런 방향으로 몸을 뒤튼다. 직원이 어쨰선지 낮은 목소리로 묻는다.

당신은 여기 머무는 사흘 내내 거리로만 나갔지요. 그곳에는 그렇게까지 볼 게 없는데요. 당신, 대체 무엇을 하러 갑니까?

나는 어깨를 으쓱인다. 나는 남자를 사러 갑니다, 혹은, 남자를 구하러 갑니다. 만일 내가 이렇게 말한다면 직원은 어떤 표정을 지을까. 화를 내려나. 예상외로 흥미롭다는 표정을 하고서 어떤 남자를 찾는데요? 질문할지도 모른다. 만약 그가 그렇게 묻는다면 일단은 몰라요, 라고 답해야지. 아직은 이 도시의 남자들을 제대로 보지 못했으니까. 거리에는 국수나 술을 파는 남자들이 가득하지만,

그들은 진짜 얼굴을 잘 내보이지 않는다. 상대가 관광객이라면 더욱 그렇다.

직원의 눈길은 끈질기다. 나는 고개를 돌리며 말한다. 오늘도 늦게 돌아올 거예요. 정문을 잠그지 말아주세요. 그가 무어라 더 말하기 전에, 몸을 돌리고 잰걸음으로 호텔을 빠져나온다.

흐린 밤하늘 한가운데 보름달이 떠 있다. 녹색 달빛이 점액 같은 안개를 타고 번진다. 이곳은 달의 모양과 색조차 서울과 다르구나. 나는 강둑에 서서 맞은편의 도시를 바라본다. 눈길을 아래로 돌리면 물풀과 쓰레기가 뒤엉킨 강변이 보인다. 다리 밑에 노란색 텐트 하나가 서 있다. 입구 앞의 잿더미를 보아하니 누군가 불을 피웠던 모양이다. 아무렴 어때. 나는 이 도시의 쓰레기나 잔해에는 관심이 없다.

둑을 지나 다리를 건넌다. 여기서부터 도시가 시작된다. 거리 양편으로 가게들이 이어진다. 나는 세번째 골목으로 들어간다. 첫번째로 나오는 문을 열고 들어간다. 미러볼 불빛과 함께 술과 향초, 토사물 냄새가 흘러나온다. 며칠 전부터 이 술집을 눈여겨보았다. 너무 사람이 많지도 적지도 않으며, 음악 역시 적당히 울적하다. 남자를 찾기에 적절한 장소다.

나는 사장 앞에 자리를 잡는다. 사장은 어둠 속에서도

파란 선글라스를 쓰고 있다. 팔에는 검은 털이 덥수룩하다. 나는 맥주를 시킨다. 사장이 커다란 유리잔에 맥주를 한가득 따라서 건넨다. 그가 묻는다.

혼자 왔습니까?

네.

여행하러?

나는 고개를 젓는다. 막상 말을 꺼내자니 입술이 두근거린다. 심장이 혀끝으로 말려 나올 것 같다. 나는 심호흡을 하고서 말한다. 나는 남자를 사러 왔어요. 사장이 이마를 찌푸리며 묻는다. 뭐라고요? 나는 맥주를 한 모금 들이켠다. 빙하처럼 차갑다. 나는 다시 한번 심호흡한다. 발음에 유의하여 또박또박 말한다.

나는, 남자를, 사러, 왔어요.

사장은 오랫동안 나를 본다. 나는 겁을 먹지 않기 위하여 사장의 얼굴을 마주 살핀다. 그도 한때는 미남이었을 것 같다. 여러 여자의 마음을 설레게 했을지도 모른다. 주름이 깊게 팬 이마가 화창하고, 쪼그라든 입술에 살구색 윤기가 돌던 시절이 있었을 터다.

이제는 늙어버린 사장이 묻는다. 당신, 어느 나라 사람입니까? 나는 답한다. 한국인입니다. 그런데 그게 무슨 상관입니까. 침착하게 답하려 하지만 목소리가 떨린다. 사장은 짧게 웃고서 말한다. 물론 상관이 없지요, 단지 궁금했을 뿐입니다. 그는 나를 안쪽 자리로 안내한다. 나는 구석의 소파에 앉는다. 미러볼이 흩뿌리는 빛조차 닿지 않는 곳이다. 사장이 말한다. 여기서 기다려요.

나는 그의 말대로 한다. 사장이 준 땅콩을 오독오독 씹으면서 춤추는 사람들을 둘러본다. 이곳에는 아주 많은 남자가 있다. 희고 노랗고 검은 남자들. 낯빛이 맑고, 머리카락이 부드러우며, 새 옷을 입은 남자들은 모른 척하기로 한다. 그들은 지나치게 비싸 보인다.

안녕.

고개를 들자 한 남자가 서 있다. 까맣고 기름진 곱슬머리가 먼저 보인다. 그 이후에는 콧잔등의 커다란 여드름이 눈에 들어온다. 남자는 내 맞은편에 앉더니, 자신이 사장의 친구라고 말한다. 그가 몸을 굽히면서 덧붙인다. 친구 말로는, 당신이 남자를 찾는다고 하더군요. 나는 그의 여드름을 본다. 거기로부터 눈을 뗄 수가 없다. 하얗고 도톰하며 동그랗다. 이건 안 되는데. 나는 생각한다. 저 정도 크기의 여드름은 용납할 수가 없어. 나는 맥주를 마저 비우고서 고개를 푹 숙인다.

미안합니다.

뭐라고요?

미안해요. 당신은 사고 싶지 않습니다.

그가 몸을 앞으로 내민다. 왜죠? 묻는 목소리가 절박

하게 쉬어 있다. 그의 영어는 나만큼이나 딱딱하지만, 구사하는 단어들은 제법 화려하다. 나는 신사예요, 여성을 존중하고, 절대로 때리지 않아요. 젊었을 때는 유명한 미남이었답니다. 나는 머스터드 얼룩이 묻은 그의 티셔츠를, 불룩하게 나온 배를 본다. 그래도 안 돼요. 미안합니다. 당신은 너무 늙었어요. 내 아버지처럼 보여요. 남자가 어깨를 수그린다. 그의 눈이 젖어 들어간다. 나는 머리를 긁는다. 예상치 못한 당혹감이 목을 타고 올라온다.

한 번만 더 생각해봐요.

그가 손을 뻗는다. 나는 어깨를 움츠린다. 다가오는 손바닥이 너무 크고 넓적한 탓이다. 당신은 무서워요. 내가 말하자, 그가 몸을 뒤로 뺀다. 눈썹이 처지고 입술이 벌어진다. 나는 남자의 눈에 고인 눈물을 못 본 척하며 술집을 나선다. 음악 소리와 미러볼 불빛이 옅어질 때까지 걷는다. 골목이 끝나자 나는 다시금 거리에 서 있다. 살갗 안팎의 피처럼 붉거나 푸른 벽들, 그들이 내쉬는 불빛에 맞춰 흔들리는 얼굴과 몸 들. 나는 거리를 지난다. 계속 걷고 걸어서, 광장으로 간다.

광장에는 강을 도시로 만들어낸 여자가 서 있다. 그 주위를 조그만 천막들이 둘러싸고 있다. 천막들은 금속 막대 위에 방수포를 뒤집어씌운 것으로, 안쪽까지 전선을 연결하여 동그란 전구들을 밝혀놓았다. 나는 그중 하나를 골라서 안으로 들어간다.

천으로 만든 입구를 걷자, 새하얀 플라스틱 테이블 세 개와 등받이 없는 의자 아홉 개가 나타난다. 널빤지 뒤쪽의 간이 주방에서는 두 명의 여자가 일하고 있다. 한 명이 고개를 든다. 검은 곱슬머리를 양쪽으로 땋은 여자다. 어제 동상의 이름을 알려준 바로 그 여자다. 나는 그와 눈인사를 나눈 뒤 국수를 시킨다. 주방과 가장 가까운 자리에 앉아서 여자들을 지켜본다.

여자들은 아주 체계적으로 일한다. 여공들 같다. 나는 여공들에 대해 잘 안다. 내가 여공이었으니까. 실제로 여자들의 일은 우리가 했던 것과 비슷해 보인다. 우리는 얼어붙은 것을 다뤘고, 저들은 따뜻해지는 것을 다룬다는 사실만이 다를 뿐. 여자들은 테이블 양측에 서서 움직인다. 한 명이 채소를 썰고, 또 다른 한 명이 고기를 썬다. 뒤쪽에서 커다란 냄비가 부글부글 끓는다. 한 명이 삶은 면을 퍼내고, 또 다른 한 명이 소스를 붓는다. 국수는 이가 깨진 그릇 속에 담긴다. 흰 김이 둥글게 피어오른다. 나는 그릇을 받아 들며 말한다.

혹시, 자자라는 사람을 아나요?

자자? 무슨 자자인데요?

성씨는 몰라요. 하지만 이 도시에서 살았어요.

한쪽 머리를 땋은 여자가 양쪽 머리를 땋은 여자를 보더니 비죽 웃는다. 그래, 가끔 이런 손님들이 있지. 그렇게 말하는 듯한 웃음이다. 나는 머쓱해진다. 붉어진 얼굴을 숨기고자 국수의 김 속에 고개를 파묻는다. 여자들이 말한다.

이 도시에는 자자란 이름의 여자가 수백 명 있어요. 내가 아는 자자만 해도 세 명이 넘죠.

그들은 앞치마를 벗고서 내 테이블에 온다. 각자 의자를 끌고 와서 내 옆에 앉는다. 한쪽 머리를 땋은 여자가 내게 묻는다.

그래서, 당신의 자자는 누구인가요.

자자는 내 영어 선생이에요…… 아니, 그보다 먼저, 자자는 내 동료였어요. 같은 공장에 다녔거든요. 내가 공장을 나갈 때, 자자는 자기 고향에 가보라고 했어요. 이 도시 말이에요.

왜요? 왜 자자는 당신더러 이곳에 와보라고 했죠?

나는 국물을 한 숟갈 맛본다. 생각보다 더 뜨거워, 목구멍이 화끈거리고 귓속이 달아오른다. 나는 바삭해진 혀를 둥글게 만다. 어떻게 대답해야 좋을까. 여자들의 팔뚝은 굵고, 눈은 부리부리하다. 함부로 밉보였다가는 분수대 속에 거꾸로 처박힐지도 모른다. 그러나 강가로 살기로 한 이상, 거짓말을 하기는 싫다.

나는, 나는 남자를 갖고 싶었어요. 언제나 그랬죠. 아주 필요했어요. 자자는 이 도시에서라면 남자를 살 수 있을 거라고 했고요.

여자들이 웃음을 터뜨린다. 큰 소리로, 몸을 흔들면서. 한쪽 혹은 양쪽으로 땋은 머리를 사방으로 휘날리며 웃는다. 그들이 테이블을 두드리자 국물이 튀고, 천막의 천이 펄럭거린다. 나는 그릇이 쏟아지지 않도록 양손으로 붙든다. 웃음의 파도가 지나가고, 양쪽으로 머리를 땋은 여자가 말한다.

자자가 큰 비밀을 알려줬군요. 그래, 여기서라면 싼값으로 남자를 살 수 있을 거라던가요?

아니요. 싸다거나…… 그런 말은 안 했어요. 저는 그냥 원하는 남자에 대해 말했어요. 그러자 자자가 이 도시로 가라고 한 거예요. 여기엔 남자들이 많다고요.

어떤 남자를 원하는데요?

두 여자가 묻는다. 나는 누구에게 눈을 맞추고 말할까 고민하다가, 양쪽을 번갈아 보면서 말하기로 한다. 문장이 끝날 때마다 고개를 돌리다 보니 뮤지컬 공연이라도 하는 느낌이 든다. 여기서 노래의 제목은 물론, 내가 원하는 남자.

내가 원하는 남자는 자상하고, 현명하며, 같은 책을 자주 읽고, 요리에 일가견이 있으며, 내 모든 단점을 가뿐히 버티고, 흑백영화를 보며, 산책을 즐기고, 크고 작은 동물 모두를 사랑하며, 목덜미에서 좋은 냄새가 나야 합니다. 내가 바라는 남자는 나를 때리지 않고, 아니, 그 누구도 때리지 않고, 내 과거를 무시하지 않으며, 함부로 욕하지 않고, 노인이나 어린애를 비웃지 않으며, 길거리에 검은 침을 뱉지 않고, 잘난 체하지 않으며, 그렇다고 자신을 깎아내리지도 않고, 타인을 숭배하지 않으며, 또 위협하지도 않습니다…… 무엇보다, 내가 사랑에 빠질 만큼 아름답게 생겨야 해요.

나는 말을 멈추고서 뿌듯함을 되새긴다. 이 목록에는 다양한 영어 단어가 들어 있다. 이 목록을 외우는 동안 내 영어 실력은 크게 상승했다. 이제는 아주 빠른 속도로도 이 목록을 말할 수 있다.

여자들은 말없이 나를 본다. 이번에는 두 사람 모두 웃지 않는다. 그들이 동시에 오른손을 들어 밖을 가리킨다. 천을 말아 올려서 열어둔 문 너머로, 동상의 그림자가 보인다. 여자들이 말한다.

당신은 저 동상보다 더 어려운 일을 해내려 하는군요.

그렇지만 자자가……

자자의 말은 잊어버려요. 그런 남자는 절대 살 수가 없어요. 여기가 아니라도, 어디에서도요. 자자는 당신을 놀린 거예요. 어리숙한 아가씨군요. 멍청이, 바보 같으니라고.

그들의 모욕에는 왠지 상냥한 구석이 있다. 맞서 싸우기에는 영 곤란한 태도다. 마주 화를 내야 하나 머뭇거리는 사이, 두 여자가 내 팔을 붙잡는다. 나를 일으켜 세우고서는 천막 밖으로 내몬다. 여자들이 소리친다.

돌아가요. 돌아가.

하지만, 국숫값을 내야 하는데요.

당신에게는 돈을 받지 않겠어요. 우린 그렇게 결심했어요. 돌아가요. 이불을 뒤집어쓰고 꿈속으로 떠나요. 그럼 이만 안녕.

그들은 천막 위의 발을 풀어서 내린다. 챡, 하는 소리와 함께 그들의 얼굴이 사라진다. 나는 닫힌 천막을 보면서 맨팔을 문지른다. 이 도시도 새벽만큼은 춥구나. 후덥지근하던 공기가 지금은 살갗을 에는 듯 서늘하다. 나는 길 잃은 마음으로 주위를 둘러본다. 광장은 고요하다. 가장자리의 천막들 모두가 문을 닫았다. 물 위에 도시를 세운 여자만이 하늘을 향하여 고개를 쳐들고 있다.

나는 호텔로 돌아간다.

아니다, 다르게 말해보자.

강가는 호텔로 돌아간다.

이렇게 말하니 모든 게 한층 편안하게 느껴진다. 내가

아니라, 강가가 호텔로 간다. 공장에서 꾸역꾸역 모은 돈으로 항공권을 사서 낯선 도시에 도달한 사람은 강가, 어깨가 다 드러나는 티셔츠를 입은 채 도시를 거니는 이도 강가, 주머니의 두툼한 다발로 남자를 사고자 하는 여자가 강가. 그 여자가 나를 이끈다. 여기에 내 책임은 없다.

강가는 여유로운 얼굴로 거리를 지나고 다리를 건넌다. 강둑을 따라서 호텔로 걸어가는 내내 곧은 자세를 유지한다. 강변에서 들려오는 소리에 잠시 멈춰 선다.

헤이, 유.

둑 아래에 남자들이 있다. 모두 세 사람이다. 그들은 샛노란 텐트 앞에 앉아서 마른 나무와 잎사귀들을 불 속으로 던진다. 반쯤 열린 텐트 안쪽으로는 높직하게 쌓인 잡동사니가 보인다. 잔뜩 해진 옷 더미와 침낭, 그리고 작은 짐승의 뼈다귀들. 남자들은 꽃무늬 셔츠에 반바지 차림이다. 그들 한가운데에서는 화톳불이 타오른다. 불빛에 뺨이 붉게 젖은 남자들, 그들이 강가를 향해 손짓한다. 발음이 뭉개진 한국어로 말한다. 이 도시에서 처음 듣는 한국어다.

이리 와. 언니. 예뻐요.

강가는, 어쩌면 나는, 불티에 맞은 양 놀라서 뒷걸음질한다. 남자들이 우리의 표정을 보고 웃는다. 새된 목소리로 몇 가지 단어를 외친다. 해피. 투나잇. 프리티 걸. 코리

안. 러블리. 대체로 칭찬이다. 긍정적인 단어들이다. 그 단어들이 우리 몸 곳곳을 두들긴다. 우리는 아랫입술을 깨물고 돌아선다. 둑을 따라 달린다. 남자들의 웃음소리가 쫓아온다. 호텔의 정문이 보일 즈음에야 멈춰 서 생각한다.

저 남자들도 살 수 있었을까?

만약에 사게 된다면, 그들은 유순해질까?

호텔 로비에는 노란 비상등만 켜져 있다. 접수대 너머에서 용 문신을 한 직원이 꾸벅꾸벅 존다. 강가가 들어오자 종소리가 울린다. 직원은 화들짝 깨어나더니, 어깨를 부르르 떤다.

정말로 늦게 돌아왔군요. 그래서, 오늘의 거리는 어떻던가요?

강가는 접수대로 간다. 가까이에서 본 직원은 제법 근사한 얼굴을 갖고 있다. 여자인지 남자인지 함부로 가늠할 수가 없는 얼굴이다. 눈썹은 짙고 턱은 가늘다. 낙낙한 셔츠를 입은 몸의 윤곽 역시 흐릿하다. 어느 쪽으로 치우치지 않아서 모호한 얼굴이 강가를 안심시킨다.

나 말이죠.

강가가 큰 소리로 말한다.

남자를 사고 싶어요. 그래서 이 도시에 왔어요.

직원은 고개를 끄덕인다. 눈을 가린 앞머리를 뒤로 넘

긴다. 검은 용이 선명히 드러난다. 그것은 온몸을 비틀며 날아가고 있다. 직원이 웃는다. 그는 쉰 목소리로, 그래서 역시나 어느 쪽에 속해도 상관없을 듯한 목소리로 묻는다.

어떤 남자를 찾는데요?

강가는 다시금 목록을 노래한다. 이렇게 하는 남자. 저렇게 하는 남자. 이것은 하지 않는 남자. 저것도 하지 않는 남자. 직원은 진지한 얼굴로 듣는다. 그다음 안쪽의 서랍에서 핸드폰을 꺼내며 말한다.

방으로 가요. 거기로 남자를 보낼게요.

정말로 그런 남자를 알고 있어요?

기다려요. 곧 보게 될 테니까.

그래서 나는, 강가는, 우리는 방으로 돌아간다. 침대 끄트머리에 앉아 양발을 맞부딪치며 기다린다. 커튼을 젖히자 강 건너편이 보인다. 바로 마주한 건물에서는 야자수 모양의 네온사인 간판이 번득인다. 흔들리는 빛이 테라스를 넘어와 발끝에 고인다. 나는 침대에서 일어서 화장실로 간다. 강가가 얼굴을 씻는다. 나는 입술을 깨문다. 강가가 머리를 빗는다. 내가 등을 긁는 동안 강가는 문의 잠금장치를 푼다. 우리는 손톱을 깨물며 기다린다. 침대 위에 달린 조악한 부엉이 모양의 괘종시계가 똑딱똑딱 초침을 울리고, 마침내 문이 열린다.

안녕. 날 불렀다며.

남자는 문틀에 기대 서 있다. 흰 셔츠에 헐렁한 반바지, 분명히 잠옷 차림이다. 막 침대에서 나온 것 같다. 남자의 손목과 발목은 어린 새처럼 가늘고, 양 뺨은 붉게 달아올라 있다. 살짝 긴장한 모양이다. 이제 막 스물이나 넘었을까. 그는 강가의 목록 중 어느 하나도 충족하지 않는다. 강가는 입을 벌린 채 남자를 본다. 직원은 내게 왜 이러는 걸까, 생각한다. 나를 엿 먹이고 싶었던 건가, 자자가 그랬듯이.

남자가 방 안에 들어선다. 강가의 어깨를 붙잡고서 뒤로 천천히 민다. 강가가 침대 가장자리에 털썩 앉는다. 남자는 침대 옆의 화장대를 흘끗 본다. 그 위에는 미리 준비한 돈뭉치가 둥글게 웅크려 있다. 남자가 무릎을 꿇고 앉더니, 부드러운 목소리로 묻는다.

키스해줄까?

아니.

강가가 대답한다.

쿠쿠와 자자는 어떻게 지낼까? 비행기를 타고 오는 내내 나는 그것만을 생각했다. 그들은 여전히 나를 미워할까? 아니면 아주 잊어버렸나? 되풀이할수록 마음이 메어 승무원을 불렀다. 포도주 한 잔을 시켜서 벌컥벌컥 마셨다. 창문에 이마를 붙이자 멀리서 가물거리는 빛들이 보였다. 집 혹은 자동차의 불빛이 하나의 강을 둘러싸고 구불구불 이어졌다.

신처럼 이쁜 강.

쿠쿠의 그 말을 여러 번 읊조렸다. 그가 마지막에 쏟아낸 말들도 곱씹었다. 몇 발짝 뒤에 서 있던 자자의 얼굴도 생각했다. 쿠쿠는 앞뒤로 몸을 흔들며 말했었다. 너 우리를 여기 두고 달아나는 거야. 쿠쿠는 자신의 오른팔을 불쑥 들이밀었다. 매일 나와 비슷한 온도로 얼어붙던 팔이었다. 내 팔이 부서졌다고 생각해봐. 이게, 눈 깜빡할 사이에 박살 났다고. 그래도 지금처럼 굴 테야? 내가 고개를 돌리자, 쿠쿠는 더 큰 소리로 외쳤다. 너 아주 비겁해. 주변의 누가 죽든 다치든 아무 상관도 하지 않아.

나는 마주 소리쳤다. 내가 공장에 들어온 이유는 돈을 벌기 위해서, 그래서 내 삶을 유지하기 위해서였지, 얼굴도 모르는 외국인들의 안위를 걱정하며 거리로 나가기 위해서가 아니었다고. 쿠쿠와 자자는 나에게 너무 많은 것을 바랐다. 우리는 친구이지만, 분명히 친밀한 사람들이지만, 그렇다 해도 지나치게 과도한 것을 바랐다.

나는 잔뜩 취해서 공항에 내렸지. 비틀거리며 버스에 탔다. 시차가 큰 것도 아닌데 모든 게 혼란스러워 견딜 수가 없었다. 후끈후끈한 공기. 관자놀이가 쿵쿵대는 소리는 쿠쿠가 떠나던 순간의 발소리처럼 들렸다. 자자는 쿠쿠가 나가고 몇 분이 지나서야 나에게 다가왔었다. 그는 한국어로 속삭였다.

잊으면 안 돼. 너는 내몰린 게 아니야. 너는 선택한 거야. 우리 대신에, 너 홀로 여기에서 살아가는 일을 택했어. 아냐. 부정하지 마. 화내지도 마. 비난하는 게 아니야. 네 선택을 이해해. 나중에 모른 체하지 않기만을 바랄 뿐이야. 우리가 모두 각각의 선택을 내렸다는 것. 자신의 의지로 말이야.

자자는 영어만큼이나 한국어를 잘했다. 자자는 다른 언어를 배우는 일은 다리를 짓는 일과 비슷하다고 말하곤 했다. 전혀 다른 대륙을 연결하는 다리를, 기둥에서부터 난간에 이르기까지 차근차근 쌓아올리는 거라고. 자자는 다리를 짓는 일에 천부적인 재능을 갖고 있었다. 그의 재능이 어찌나 선명하게 나를 찌르던지. 나는 울음을 터뜨렸다.

바로 그 순간, 남자를 가져야겠다는 결심이 들었다. 그래, 역시나 남자가 필요하다. 내 모든 선택을 칭찬하며, 절대로 힐난하지 않는 남자. 내 옆에 앉아서 여신의 이름을 붙인 강 이야기를 해주거나, 외국어를 가르쳐줄 남자를 구해야겠다. 그의 옆에서 여생을 평온하게 지낼 거라고.

나는 훌쩍이며 그 모든 말을 늘어놓았다. 자자는 아무런 표정의 변화 없이 내 이야기를 들었다. 잠시 후 그가 물었다. 그런 남자를 어디서 찾으려고? 나는 코맹맹이 소리로 답했다. 어떻게든 찾아낼 거야, 만날 수 없다면 돈이라도 내고 살 테야. 자자가 웃었다. 찌그러진 미소였다. 이윽고 그는 자신이 살던 도시의 이름을 말해주었다. 자자의 고향에 대하여 들은 건 그때가 처음이었다. 매일 강 사진을 보여주는 쿠쿠와 달리, 자자는 한 번도 자신의 옛 삶에 대해서 말하지 않았다. 자자는 내 앞에 쭈그려 앉았다. 내 뺨을 문질러 눈물을 닦아주었다. 그가 속삭였다.

거기로 가봐. 그곳에는 남자들이 많으니까. 하나 정도야 살 수 있겠지.

강가는 남자와 나란히 누워 있다. 남자는 새우처럼 몸을 말고 강가를 지켜본다. 갈라진 앞머리 사이로 여드름 자국이 보인다. 강가는 눈을 감는다. 남자가 묻는다.

왜 나를 싫어하지?

난 널 싫어하는 게 아니야. 그냥.

강가는 몸을 일으킨다. 맞은편 화장대의 거울에 그들의 몸이 어슴푸레 비친다. 강가는 자신의 얼굴을 본다. 수치심에 빠진 눈동자와 찌푸린 미간, 그 와중에도 웃음을 참을 수 없어서 실룩거리는 입술. 강가는 남자를 돌아보고서 말한다.

난 다른 걸 원해.

뭘 원하는데?

남자가 일어서서 한참 동안 강가를 본다. 이윽고 그의 눈썹이 일직선으로 뚜렷해진다.

나는 항문으로는 하지 않아. 그건 내 자존심이야.

세상에, 무슨 소리야! 그런 게 아니야. 그게 아니라…… 너, 싸움할 수 있어?

강가는 말하자마자 곧장 후회한다. 말도 안 되는 소리다. 셔츠 소매 밖으로 나온 그의 가느다란 팔뚝만 보아도 답은 분명하다.

그러나 남자는 강가의 예상과는 다른 방식으로 움직인다. 그는 먼저 씩 웃는다. 벌떡 일어나 창가로 간다. 한 손으로 두툼한 벨벳 커튼을 잡는다. 다른 손으로는 바지 뒷주머니를 뒤적인다. 그 손이 반달 모양의 칼을 꺼내 든다. 강가는 눈을 치켜뜬다. 이마에 땀방울이 맺히고 혀가 마른다.

강가가 더듬거린다. 그걸로 나를 찌르고, 돈이랑 물건을 빼앗으려고?

세상에, 뭐라는 거야. 남자가 웃는다. 아니야. 이곳 남자들은 모두 칼을 갖고 다닌단다. 하지만 잘 쓸 수 있는 놈은 몇 없지.

칼을 든 손이 커튼으로 다가간다. 남자가 양어깨를 가볍게 흔든다. 곧 커튼에서 얇고 날카로운 소리가 난다. 남자는 칼을 다시 뒷주머니에 넣고, 강가에게로 돌아와 손을 내민다. 활짝 펼친 손바닥 위에는 말끔히 잘라낸 천 조각이 있다. 흐트러짐 하나 없는 원형이다. 남자가 속삭인다.

우리 집은 정육점을 했거든.

강가는 고개를 끄덕인다. 남자의 손을 붙잡고 창가로 간다. 남자는 손을 잡힌 게 쑥스러운 듯 헛기침을 한다. 강가는 테라스 너머를 가리킨다. 강변 방향이다. 강가는 화장대 위의 돈뭉치를 집어 들며 말한다. 이것을 모두 줄 테니, 저기에 있는 남자들에게 겁을 좀 주라고.

남자가 묻는다. 남자들이라니?

다리 아래에서 불을 피우는 남자들이 있어. 죄다 늙었어. 싸울 필요도 없을 거야. 그냥 겁만 줘. 내가 뒤에서 지켜볼게. 자, 여기 돈을 가져가. 네 거야.

남자가 강가를 본다. 강가도 남자를 본다. 강 건너 도심의 불빛이 남자의 얼굴을 적신다. 너는 이상한 여자구나. 빛 속에서 드러난 눈이 말한다. 그의 손은 강가가 내민 지폐 다발을 움켜잡는다. 강가는 그중 절반을 빼내어 자신의 품속에 숨긴다.

일단 절반만 가져가. 일을 끝내면 다 줄게.

좋아, 강변에 있는 남자들이라고?

응, 노란 텐트에서 살고 있어.

집도 없는 늙은이들이라. 까짓것.

남자는 갑자기 침대로 돌진한다. 베갯잇을 벗겨내더니 칼끝으로 두 개의 구멍을 파낸다. 뭐 하는 짓이야, 외치는 강가에게 베갯잇을 건넨다.

너도 그걸 써.

강가는 잠시 망설이다가 남자의 말을 따른다. 바싹 마른 천의 냄새와 촉감이 얼굴을 덮는다. 바스락거리는 어둠. 남자가 뚫어놓은 구멍에 눈이 들어맞자, 다시 모든 게 제대로 보인다. 맞은편에는 자신과 꼭 같은 베갯잇을 뒤집어쓴 남자가 있다. 그의 가면에도 네 개의 구멍이 뚫려 있다. 양쪽 눈과 코와 입술. 남자와 강가와 나는, 아니 우리는, 머리만 남은 유령처럼 쉰소리로 웃는다. 남자가 말한다.

날 따라와.

우리는 나선형 계단을 빙글빙글 내려간다. 발끝을 세우고 로비를 지난다. 용 문신을 한 직원은 접수대에 턱을 괸 채로 잠들어 있다. 우리는 낄낄 웃으며 호텔 밖으로 나간다. 강둑을 따라 구불구불 걷는다. 숨을 쉴 때마다 얼굴을 감싼 천이 젖는다.

남자가 먼저 멈춘다. 둑 아래로 흔들리는 빛이 보인다. 깜부기불을 둘러싼 남자들이 꾸벅거리며 졸고 있다. 남자가 돌아서더니 강가에게 반달 모양 칼을 건넨다.

이걸 가지고 있어.

너는?

남자는 다른 주머니에서 똑같은 칼을 꺼낸다. 그가 감상에 젖은 눈으로 칼들을 살피며 말한다. 두 개의 칼등을 맞추면 원형이 만들어지거든. 조금 뒤에 강가가 말한다. 굳이 보여주지 않아도 돼.

우리는 나란히 서서 강둑을 내려다본다. 잠든 남자들은 몇 시간 사이에 더 늙은 듯 보인다. 주름진 이마와 쪼그라든 몸뚱이. 강가가 산 남자가 숨을 크게 들이마신다. 칼을 가슴 앞으로 치켜든다. 와아악. 남자가 고함을 지르며 강둑으로 내달린다. 낯선 언어로 무어라 외치며 노인들을 덮친다. 나도 강가도 그의 말을 이해하지 못한다. 그것은 이 도시만의 말이기 때문이다. 자자가 첫번째로 지은 다리이며, 자자가 건너온 강 뒤에 두고 온 언어다.

남자가 불을 걷어차고 칼을 휘두른다. 노인들이 후다닥 깨어나 소리를 친다. 그들이 떠드는 말 역시 전혀 알아들을 수 없다. 누구의 말도 이해할 수 없으므로, 마음은 외려 차분해진다. 강가도 강변으로 달려간다. 노인들이 사방으로 흩어진다. 몇 사람은 다리에 힘이 빠졌는지 털썩 주저앉는다. 몇 시간 전에는 히죽거리던 얼굴들, 우리를 훑던 눈동자가 턱 아래로 흘러내릴 듯 떨린다. 어둠 속에서 드러난 표정은 어찌나 비굴한지. 상처 같은 주름부터 움푹 들어간 뺨, 버석거리는 입술 모두가 형편없다. 우리는 칼을 휘두르고 불을 짓밟는다. 웃음이 새어 나온다. 온몸이 힘으로 넘친다.

그 탓이다. 우리는 잔뜩 흥분한 탓에 강변에 주저앉은 노인을 보지 못하고 지나친다. 그가 제 품에서 새까만 쇠붙이를 꺼내는데도, 우리는 불을 꺼뜨리는 일에만 골몰해 있다. 노인이 쇠붙이를 공중으로 치켜든다. 우리는 그제야 그를 발견한다. 눈이 마주친 순간, 노인이 방아쇠를 당긴다. 쇠 주둥이에서 소리가 터져 나온다. 처음 듣는 소리이지만 의미는 명확하다.

탕.

총성은 모두 세 번 울린다. 한 발은 강에 빠지고, 한 발이 땅을 파헤친다. 또 다른 한 발은 어둠 속으로 날아간다. 노인은 여전히 알아들을 수 없는 말을 지껄인다. 강가가 산 남자가 이쪽으로 달려온다. 그는 자신이 쓴 베갯잇을 벗어 던진다. 강가가 쓴 베갯잇도 붙잡아 당긴다. 강가는 순식간에 민얼굴이 된다. 세찬 밤바람이 맨살을 찌른다. 남자는 강가의 어깨를 붙잡고서 강으로 뛰어든다.

첨벙.

총성에 비하면 지극히 미약한 소리와 함께, 우리는 사라진다.

새카만 물이 머릿속을 채운다. 라디오의 잡음처럼 지지직대는 소리와 함께 맛보는 강의 냄새. 우리는 물속에서 뒤섞이고 흘러넘친다. 이제는 강가를 나로부터 구분할 수 없다.

나는 양손을 휘저으며 물 밖으로 머리를 빼낸다. 물살은 그다지 세차지 않다. 그런데도 강은 깊어서, 발끝에 무엇도 닿지 않는다. 나는 발장구를 치며 주위를 본다. 물살 사이로 남자가 허우적거리고 있다. 도와줘. 그가 소리친다. 나는 수영을 못해. 발음 탓에, 그의 구조 요청은 제법 우스꽝스럽게 들린다.

나는 평영을 택한다. 머리는 물 밖으로 빼낸 채, 다리를 벌리고 오므리며 그에게 다가간다. 팔과 다리가 두 개의 마름모꼴을 그리며 움직인다. 남자는 계속 꽥꽥거린다. 내가 외친다.

조용히 해. 버둥거리지 마. 힘을 빼.

몇 초가 지난 뒤, 나는 내가 한국어로 소리치고 있음을 깨닫는다. 조용히 하라, 가 영어로 뭐더라. 영어고 뭐고, 비릿한 물이 온 얼굴을 습격하고 있으므로, 무엇도 제대로 생각할 수 없다. 나는 되는대로 소리친다. 닥쳐. 진정해. 날 따라와. 나는 그의 팔뚝을 붙잡고 내 쪽으로 끌어당긴다. 남자는 허겁지겁 내 어깨를 붙들고서 머리 위로 기어오른다. 나는 물속에 머리를 처박히고 내놓기를 반복하며 소리 지른다. 힘 빼. 이 멍청한 새끼야. 힘 빼라니까. 부력을 이용하란 말야. 나는 여전히 한국어로 외치고 있다. 이런 상황에서 외국어로 말하는 일은 불가능하다. 부력이 영어로 무슨 단어인지도 모른다. 단어들은 물속에서 섞이고 갈라지다가 녹아내린다.

나는 나를 몰아내던 여자들, 특히 천막의 여자들을 생각한다. 비슷한 길이의 머리를 한쪽과 양쪽으로 나눠 묶은 것이 보기 좋았지. 한때는 나에게도 머리 모양과 몸짓을 나누던 사람들이 있었다. 크게 외치고 싶다. 자자, 쿠쿠. 이것 봐, 이것 좀 보라고. 물에 빠진 사람을 섣불리 구하다가는, 전부 다 물에 빠져버리는 거야. 우리 전부가 목숨을 버리는 꼴밖에 안 돼.

나는 간신히 물 밖으로 머리를 내민다. 턱을 치켜들고 하늘을 본다. 녹색 달과 눈이 마주치는 순간, 목소리를 듣는다. 땅 위, 아마도 강 너머에서, 누군가 소리치고 있다. 그가 든 손전등 불빛이 우리를 비춘다. 그는 영어로 몇 차례, 같은 말을 반복한다. 나는 몇 초 뒤에야 그 말을 해석해낸다.

배를 잡아, 배를 붙잡아!

곧 새하얀 빛이 눈앞을 적신다. 몇 미터 앞에서 물살을 타고 넘실거리는 나룻배가 보인다. 내 방 아래의 강변에 정박해 있던 나룻배다. 나는 뱃전을 붙잡고 매달린다. 나에게 달라붙어 있던 남자 역시 배에 옮겨붙는다. 우리는 뱃머리를 붙든 채 헐떡거린다. 불빛 속에 환히 드러난 남자의 모습은 그야말로 엉망이다. 흠뻑 젖은 뺨에 착 달라 붙은 머리카락, 새빨개진 눈과 코끝.

강 너머의 사람은 여전히 소리를 지른다. 빛에 잠긴 얼굴은 잘 보이지 않는다. 여기, 이걸 받아. 그가 외친다. 제대로 붙잡아야 해. 바보들아. 이윽고 배 옆으로 무언가 떨어진다. 양옆에 흰 끈이 달린 오렌지색 튜브다. 세 명이 매달릴 만큼 큼직하다. 나는 튜브를 남자 쪽으로 밀면서 말한다.

꽉 붙잡아. 내가 끌고 갈 테니까.

남자는 곧장 튜브에 매달린다. 나는 한 손으로 튜브 반대쪽을 붙잡은 채 발장구를 친다. 무릎과 발을 위아래로 움직이면서, 물을 거슬러 땅으로 간다. 마침내 강가에 도달하자 온몸의 힘이 빠져나간다. 우리는 질척질척한 땅 위에 드러눕는다. 손전등을 든 사람이 이쪽으로 온다. 눈썹에 올라탄 용이 완전히 찌그러져 있다. 그가 말한다.

둘 다 일어서.

나는 비틀거리며 일어선다. 둑으로 오르는 흙무덤을 붙잡고 물을 토한다. 어둠 속에서 토해낸 물은 밤처럼 검다. 눈썹에 용을 얹은, 여자인지 남자인지도 알 수 없는, 일단은 무척 화가 난 듯 보이는 직원이 나를 일으켜 세운다. 그가 내 오른뺨을 때린다. 오른뺨이 따뜻해진다. 직원은 튜브에 매달린 남자 또한 일으켜 세운다. 남자는 오른뺨과

왼뺨을 모두 맞는다. 그는 아무런 반항도 하지 않는다. 그저 푹 젖은 채 발끝만 내려다본다.

그들은 마주 선 채로 대화를 나눈다. 역시나 내가 이해할 수 없는 말이지만, 몇 가지 의성어는 귀에 박힌다. 탕탕, 직원은 여러 차례 비슷한 소리를 낸다. 물에 흠뻑 젖은 남자가 다리 쪽을 가리킨다. 그 아래 텐트는 텅 비어 있다. 직원은 내 쪽으로 몸을 돌린다. 한층 차분해진 목소리로 말한다.

다친 데는 없죠?

나는 고개를 끄덕인다. 직원은 남자에게도 무어라 묻는다. 같은 질문을 하는 것 같다. 남자 역시 고개를 끄덕거린다. 직원은 남자에게서 튜브를 빼앗는다. 도로 갖다 두고 올 테니 여기서 기다리라는 말을 남기고서 건물 뒤로 사라진다.

나는 양팔을 붙잡은 채 덜덜 떤다. 젖은 옷이 살갗에서 떨어져 나가며, 그 틈새로 냉기가 스민다. 머리에서는 상한 생선 냄새가 난다. 나는 흘끗 맞은편을 본다. 남자가 호텔의 비상등 아래 서 있다. 그는 울고 있다. 젖은 눈동자는 짙은 갈색이다. 나는 뒷주머니에 손을 넣는다. 돈은 그대로 있다. 축축하게 젖어서, 한 덩어리로 뭉쳐진 채. 나는 지폐 뭉치를 남자에게 건넨다. 남자가 고개를 젓는다. 그는 떨면서 말한다.

당신이 내 목숨을 구했어요.

그는 목을 빼더니 내 왼뺨에 입을 맞춘다. 짧고 가벼운 입맞춤. 쪽 소리가 난다. 남자의 입술은 이상하도록 뜨겁다. 그는 나에게 꾸벅 고개를 숙여 보이고서 돌아서 걷는다. 몇 발짝 가지 않아 몸을 웅크리고 부르르 떤다. 막 태어난 생물처럼 사방으로 물을 튀긴다.

나는 아직도 이곳에 서 있다. 강과 땅의 경계, 도시와 호텔 사이, 고향으로부터는 아주 먼 곳에. 강물인지 신의 몸인지 알 수 없는 것에 나를 푹 담근 뒤에도 살아남은 채로 부들부들 떨고 있다.

직원이 되돌아온다. 내일 돌려줘요. 말하면서 회색 담요를 건넨다. 나는 담요를 뒤집어쓴 채 강의 건너편을 본다. 직원이 담배에 불을 붙인다. 곧 한숨처럼 연기를 내쉰다. 회색 연기가 도시를 부드럽게 덮는다. 네온사인과 가로등, 깜부기불로 번쩍이는 도시. 그 한가운데에 청동으로 만든 여자가 있다. 여자는 도시를 만들고 도시를 떠났다. 한 발은 물에 또 다른 발은 뭍에 두고, 물도 뭍도 아닌 곳으로 갔다. 자신이 만들어낸 것조차 자신을 붙잡을 수 없다는 듯이.

강 위의 무수한 불빛들이 물살을 따라서 어둠 속으로 떠내려간다. 고개를 돌리자 다리를 건너는 남자가 보인다.

내가 자신을 구했다고 말한 남자다. 그는 떠나기 직전에 떨리는 목소리로 물었다. 당신 이름이 뭐죠? 나는 어떤 이름도 대지 못하고 더듬거렸다. 이 도시에서는 다른 이름으로 불리고자 결심했는데. 막상 누군가 이름을 묻자 무엇도 답할 수 없구나. 상대방의 이름을 묻는 일 역시 불가능했다. 질문하는 일도, 답하는 일도, 두려울 뿐이다. 나는 결국 아무런 말도 하지 못했다. 이름 모를 남자는 상관없다는 듯 말했다. 유 쎄이브 마이 라이프. 당신이 내 목숨을 구했어요. 유 쎄이브 마이 라이프. 당신이 내 목숨을 구한 거예요. 나는 그 말을 여러 번 되풀이하고, 번역한다. 몸의 떨림이 멈추자 눈앞의 모든 색이 선명해진다. 오래 기다린 죄책감이 쏟아지기 시작한다.

인터뷰

함윤이 X 홍성희

홍성희 함윤이 작가님은 올해 1월 신춘문예를 수상하셨어요. 시간이 조금 지났지만 다시 한번 당선을 축하드립니다. 작가님은 수상 전에도 여러 창구를 통해 글을 발표해오셨는데요. 그간 해오신 작업에 대하여, 그리고 작가님에 대하여 소개를 부탁드려요.

함윤이 축하 감사합니다. 이렇게 뵙게 되어 반갑습니다. 제 이름은 함윤이이고, 주로 소설을 씁니다. 간혹 비평과 시나리오를 쓸 때도 있는데, 스스로 '제대로 쓴다'고 말하기는 아직 부끄럽습니다.

등단 전에도 꾸준히 글을 발표했습니다. 비등단 작가들이 글을 선보일 수 있는 플랫폼은 등단 작가들의 것에 비하면 현저히 적은 터라, 주로 타 매체와의 협업을 통하여 글을 발표했습니다. 미술 전시나 음악 공연의 일부로 글을 싣기도 했고요. 김형도 디자이너와 주아명 작가랑 같이 다원예술 스튜디오 '풀옵션'으로도 활동했어요. 작년에는 형도와 둘이서 실험문학 프로젝트 연재를 하고, 재작년에는 아명까지 셋이서 게임을 만들어 전시했습니다. 올해는 친구 최지훈 감독과 공동 연출한 단편영화, 「낙마주의」를 전주국제영화제에서 상영했고요.

최근에 끝낸 프로젝트는 『서울집』입니다. 곧 재개발로 철거될 할머니의 집을 소설과 사진, 음악으로 기록했습니다. 할머니의 성함이 '영매'인지라, 그 이름을 주축으로 삼아서 유령 이야기를 만들었어요. 곽소진 작가가 집 안팎의 사진을 찍고, 정혜린 연출이 집 안의 소리를 하나하나 녹음하여 사운드로 만들었습니다. 처음에는 집을 가볍게 기록만 할 생각이었는데, 어쩌다 보니 온라인 전시도 하고 독립 서적으로도 출간하게 되었네요. 혼자 소설을 쓸 때와는 달리, 할머니의 삶과 그 이미지가 우선되어야 하는 작업이라 여러모로 새로웠습니다.

요새는 혼자 쓰는 소설에 집중하고 있습니다. 이야기를 중심에 둔 소설을 특히 좋아해요. 흔히 '낡았다'고도 말해지는 소설들, 시작과 끝이 있고 인물과 사건이 드러나는 전통적인 소설이 (이야기가 곳곳에 널린) 오늘날 어디까지 나아가고 또 변화할 수 있을지 궁금합니다.

홍성희 신춘문예 당선 소감에서 "고작 한 명분의 삶에서도 맘대로 되지 않는 일이 너무나 많아서 무서우니 다른 이들과 마음을 주고받는 일은 관두고 싶어요"라고 말한 적이 있다고 말씀하셨어요. 소설의 "글자들이 나를 녹여주었다"는 말도 함께 적어주셨습니다. 저는 작가님의 당선작 「되돌아오는 곰」과 근작 「강가/Ganga」를 나란히 읽으면서, 두 작품 모두 무섭고, 관두고 싶은 마음이 겹겹인 와중에도 곰을, 사람을 생각하는 일을 끝내 관두지 않으며 살아가는 시간을 그리고 있는 것 같다고 생각했어요. 작가님 소설에서 글자의 힘은 관두려는 마음을 관두지 않으려는 마음으로 녹이는 것이기보다는, 두 마음이 딱딱하게 굳어 있지 않고 서로에게 스며 함께 있게 하는 것이 아닐까 생각도 해보았습니다. 이 지면을 빌려 작가님께 소설을 읽고 쓰는 일, 글자를 만들고 만나는 일은 어떤 의미인지 말씀을 청해 듣고 싶어요.

함윤이 당선 소감에 적은 말은 제가 열일곱 살 때 담임 선생님께 건넸던 말이에요. 지금의 저는 열일곱 살의 저와는 상당히 다른 사람이고, 전처럼 타인을 무서워하지도 않습니다. (아마 담임선생님 같은 사람들 덕분이겠죠.) 분명 많은 시간이 지났지만, 그때도 지금도 소설을 쓰고 있어요. 그 이유는 정확히 모르겠습니다. 이유가 매일 달라지는 것 같기도 합니다. 재밌어서, 지금껏 해왔던 일이라, 돈을 벌기 위해, 고집을 부리기 위해 등등. 다양한 이유로 씁니다. 그러나 딱 한 가지만을 잡아서, '이것 때문에 소설을 쓴다'라고 말하기는 어렵습니다.

제게 소설은 세상에 없는 것을 마구 만들어내는 일입니다. 물론 세상을 이루는 많은 요소가 꾸며낸 것들이지만, 소설 쓰기는 이 '꾸며내기'의 과정을 엄청나게 정면으로 드러내는 작업이라고 생각합니다. 오로지 글자만 보면서 "이런 일이 있었다"라고 믿으라는 거잖아요. 실은 정말로 불합리한 일인데, 그 점이야말로 소설의 매력이 아닌가 합니다. 세상에 없는 존재끼리 만나서 대화나 감정을 나누는데, 그 모든 게 글자로 씌어진다는 점이요. 현실이라고도 말할 수 없고, 현실이 아니라고도 (글자도 책도 현실의 것이니까요) 콕 짚어 말할 수 없는 점이 좋습니다.

또한, 소설은 타자를 제멋대로 휘두르는 일입니다.

그냥 글자로 쓰기만 하면 되니까요. 동시에, 대부분 소설은 언어라는 약속을 지켜야만 성립되는 일이기도 합니다. 그런 면에서 저에게 소설은 타자를 함부로 다루는 행위인 동시에, 내가 만든 이들조차 내 마음대로 할 수 없다는 걸 단단히 실감하는 일입니다. 그건 정말로 이상한 경험이고, 그래서 자꾸 시도하게 됩니다.

홍성희 「되돌아오는 곰」에서는 곰에게 산을 '주고' 싶다는 말과 인간이 산을 '가진' 적 없다는 말 사이의 거리가 도드라져 보였습니다. 인물들이 나누는 말 사이에서 '가지다'가 의미하는 것이 다르다는 점을 곱씹어 생각하게 되었어요. 「강가/Ganga」에서는 단연 '남자를 사다'라는 표현이 반복해서 눈에 띄었는데요. 소설을 여러 번 읽다 보니 아슬아슬하고 위험하기도 한 이 '사다'라는 말의 의미가 '구매'에 고정되어 있는 것이 아니라, '구하다, 만나다, 찾다, 갖다, 원하다, 바라다' 등 다른 단어들과의 연결 속에서 움직이고 있다는 것이 중요하게 느껴졌습니다. '사겠다'는 결심이 "남자를 가져야겠다는 결심"으로부터 비롯되어 찾고 구하고 만나서 가질 수 없다면 "돈이라도 내고 살 테야"로 비약해버린다는 점이 일견 낯설지 않아 더욱 돌이켜보게 되었어요. 여기에서 주의하여 살펴야 하는 건 '사겠다'는 태도 자체이기도 하지만, '사는' 것으로 '가지는' 일을 대신할 수 있다고 믿는, 혹은 믿지 않으면서도 그렇게 해야 한다고 여기는 태도일 것 같습니다. 그런 태도는 '나' 혹은

'강가'가 스스로 선택한 것이기보다는 오랜 시간 몸 담아온 시스템 속에서 학습한 해결법을 되풀이하는 것 외에 다른 방법을 가지지 못했기 때문에 비롯되는 것으로 저는 읽어보기도 했는데요. '나' 혹은 '강가'가 '남자를 사다'라는 표현을 반복하는 장면들에서 작가님이 염두에 두신 의미나 의도가 있을지 여쭤보고 싶습니다.

함윤이 말씀해주신 대로, 「되돌아오는 곰」의 주인공은 곰에게 무언가를 '주는' 행위를 통해 산과 관계를 맺고자 합니다. 「강가/Ganga」의 주인공은, 세상과 연결되기 위하여 누군가를 '사는' 행위를 택하고요. 강가가 '사는' 행위를 택한 것은, 그게 가장 안전한 방법이라 느꼈기 때문이리라고 생각합니다. 대체로 무언가를 사는 일은 쉽고 매끄럽게 이어지니까요.

저도 무언가를 사는 순간을 좋아합니다. 제가 좀더 안전한 위치에 있다고 느껴지거든요. 아마 그래서 사람들이 쇼핑을 좋아하는 것 아닐까요. 카페나 식당에서 주문하거나, 가게에서 옷을 사거나, 호텔에서 방을 빌릴 때, 제가 돈을 내는 순간 세상은 한결 친절해집니다. 그 친절함은 아주 안락하기에, 오래도록 그 안에 안주하고 싶게끔 만듭니다. 그러나 언제나 그런 안락함을 점할 수 있는 사람들은 거의 없죠.

반면 무언가 나누는 일은 굉장히 어렵습니다. 저도 그 일이 너무 고통스러워서 차라리 그만두고 싶다고 생각한 적이 여러 번 있었고요. 그런 면에서, 사실상 아무런 약속으로도 엮이지 않은 '우정'의 관계는 무섭도록 어려운 것 같습니다. 제가 보기에 「되돌아오는 곰」과 「강가/Ganga」의 주인공들은 우정에 특히 약한 인물들입니다.

강가는 우정에서 책임을 떠안는 대신 아무도 자신을 모르는 곳으로 도망치는 사람입니다. 그는 돈을 통하여 온전히 자신이 바라는, 혹은 자신이 원하는 모양에 완전히 맞춰주는 사람을 찾을 수 있길 바랍니다. 그런데 그게 가능할까? 혹시 무언가 '구매'하는 방식대로라면 강가가 말하는 목록처럼 오로지 자신을 위하여 태어난 듯한 사람을 살 수 있을까? 아니, 애초에 그런 사람이 있을까? 저도 그게 궁금하고, 강가 또한 그게 궁금했던 것 같습니다.

마지막으로, 「강가/Ganga」는 '남자를 사는 여자'가 등장하는 이야기입니다. 국내외를 또 시대를 불문하고, 문학에서 성매매 산업은 여러 방식으로 등장합니다. 여성을 사는 남성이나 자신을 파는 여성이 특히 자주 보이죠(최근에 '강가'라는 이름의 성노동자를 다룬 영화가 공개됐는데, 사뭇 다른 방식으로 같은 이름을 다루기에 놀랍고도 흥미로운 마음으로 봤습니다). 반면 '남자를 사는 여자' 이야기는 딱히 만나지 못했습니다. 그가 어떤 사람일지 궁금했어요. 이 여자가 무엇을 바라고 또 어디로 향하는지……그런 것을 알고 싶은 마음으로도 썼습니다.

홍성희 '가지고' 있지 않다고 믿는 때에조차 어떤 것들이 누군가에 의해 이미 항상 배타적으로 소유되어 있는 것, 한 존재들이 독점하듯 점유하고 부리는 것에 의해 다른 존재들은 가장 기본적인 자유와 권리조차 지키지 못하게 되는 것, 그런 '소유권' 싸움은 특정한 공간, 특정한 관계에서만 이루어지는 일은 아닌 것 같아요. 저는 작가님의 소설이 소유와 점유의 문제를 들여다보고 계신다고 생각했는데요. 「되돌아오는 곰」에서는 '산'이라는 하나의 공간을 두고 동물과 인간 사이의 관계를 그렸다면, 「강가/Ganga」에서는 '나'의 공간과 '강가'의 공간, 강의 이편과 저편처럼 분리될 듯 무관할 수 없는 복수의 공간들에서 여성과 남성, 돈, 집, 나이, 기술 등 각종 '자본'을 가지지 않은 자와 가진 자, 또는 특정 국적을 가지지 않은 자와 가진 자 사이의 간극들을 겹겹이 노출하고 있다고 생각했습니다. '나'의 '여공'으로서의 삶과, '쿠쿠'나 '자자'의 문제에 몸 담지 않기로 하는 선택, '프리티'하고 '러블리'하고 '어리숙한' '외국인' '아가씨'가 되는 체험을 겹쳐두면서 작가님은 어떤 고민을 풀어내고자 하셨는지 설명해주실 수 있을까요?

함윤이 사물이나 토지, 서비스 등을 구매하고, 그리하여 소유한다는 약속은 분명 허구이지요. 거의 모든 사람 사이에서 암묵적으로 용인된 허구로, 이 픽션은 소설보다 훨씬 더 큰 힘을 발휘합니다. 아이돌의 팬들이 별을 사서 스타에게 선물했다는 기사를 보고 놀란 기억이 있어요. 오, 이야기가 여기까지 갈 수 있구나, 그런 생각이 들어서요.

그런데 이 허구는 분명 특정한 집단에게 더 유리하게 작용합니다. 어떤 사람은 다른 사람에 비하여 더 많은 이야기를 가질 수 있습니다. 별을 가지거나, 집을 가지거나, 사람(과 그 시간)을 사거나 할 수 있죠. 또, 자신에게 한층 쾌적한 방식으로 이야기를 이어갈 수도 있습니다. 반면 누군가는 평생 그런 이야기의 외곽에 머무르고요. 그 상황에 대하여, 좀더 자세히 들여다보고 싶습니다.

평론가님이 말씀해주신 대로, 「강가/Ganga」 안에도 여러 역학 관계가 있습니다. 일단 강가는 자신이 살던 곳보다 한결 물가가 싼 나라로 여행을 갔기에, 한국 기준으로는 얼마 되지 않는 돈으로도 풍족한 생활을 할 수 있습니다. 동시에 강가는 홀로 여행하는 여성인지라, 종종 물리적인 위협을 받기도 합니다. 강가보다 가난한 남자들도 강가를 겁줄 수 있습니다. 애당초 강가의 재산은 모든 위험으로부터 자신을 지킬 수 있을 만큼 풍족하지 않으니까요. 그래서 강가는 자신이 가진 돈 안에서 해결 가능한 방안을 찾기로 합니다.

강가는 어떤 상황에서는 남들보다 더 유리하고, 또 다른 상황에서는 훨씬 불리합니다. 한국에서도 마찬가지입니다. 그는 '덜 대우받는' 분야에서 일하는 청년인 동시에, 외국인 노동자에 비해서는 한결 안전한 위치를 점한 자국인이기도 합니다. 제가 그러하듯, 강가 또한 여러 가지 힘의 교집합 속에 있습니다. 그가 자신의 교집합을 정면으로 마주하는 과정에서 느끼는 욕구, 수치심, 책임감, 분노, 무엇보다 죄책감에 주목하고 싶었습니다. 저는 요새 죄책감이야말로 타자를 돌아보게 하고, 또 연결되게 만들지 않나 생각하는데요. 무작정 '죄책감을 버리라'고 말하는 건, 책임을 질 기회 자체를 앗아가는 태도처럼 느껴지기도 해요. 저는 강가의 불행과 억울함만큼이나 그의 죄책감이 궁금했고, 그게 그를 더 좋은 곳으로 끌어주지 않을까 생각했습니다.

홍성희 "강가/Ganga"라는 제목에서 한글과 알파벳이 병기된 형태가 암시하고 있는 것처럼, 이 소설에서 작가님은 언어 문제를 세심하게 다루고 계신 것 같아요. '나'는 '자자'의 나라에서 영어를 사용하여 의사소통하고 있지만, 인물들이 나누는 말들은 대부분 한국어 문장으로 씌어져 있어요. 한국어 문장에는 번역의 흔적이나 불안이 특별히 기입되어 있지 않고요. 번역이 이루어지는 정황이 분명함에도 번역의 단계를 보여주지 않는 매끄러운 한국어 문장들은 역설적으로 인물들의 말들이 어떤 번역의 과정을 거쳐 적히고 있는지를 생각해보게 했는데요. 이를테면 인물들의 대화가 내내 존댓말로 씌어지다 호텔에서 '나' 혹은 '강가'의 방에 찾아온 '남자'와 나누는 대화가 반말로 시작될 때나, 물에 빠진 '나' 혹은 '강가'가 '남자'에게 한국어로 소리치고 있다는 것을 자각하며 '번역'의 불가능성을 생각할 때, 혹은 물에서 나온 '남자'가 '나' 혹은 '강가'에게 한 말, "유 쎄이브 마이 라이프. 당신이 내 목숨을 구했어요. 유 쎄이브 마이 라이프. 당신이 내 목숨을 구한 거예요"가 영어 문장의 소리를 받아 쓴 한글 문장과 두 개의 서로 다른 한국어 문장으로 번갈아 적힐 때, 어쩌면 인물들이 주고받는 말들은 언제나 외국어와 외국어 사이에서만이 아니라 한 사람과 다른 한 사람 사이에서 여러 층위의 '번역'을 거치고 있는 것이 아닐까 생각하게 되었습니다. 언어를 배우는 일을 다리를 짓는 일에 비유하는 '자자'가 '나'에게 어떤 말은 한국어로, 어떤 말은 영어로 건네기로 선택하는 장면이나, 노란 텐트의 남자들이 '나' 혹은 '강가'에게 처음에는 한국어로, 그다음에는 영어로 외치는 장면, 그리고 "자자가 첫번째로 지은 다리"를 '나'와 '강가'는 끝내 '이해하지 못하는' 채로 남는 장면들이 그런 점에서 무게감 있게 읽혔어요. 한국어와 영어, 존댓말과 반말, 이해할 수 있는 언어와 그럴 수 없는 언어처럼 언어의 결을 구분하여 소설에 담을 때, 그러한 차이와 거리가 작가님께 어떻게 다가왔는지 궁금합니다.

함윤이 2018년에 「강가/Ganga」의 초안을 썼습니다. 당시 저는 뉴질랜드에 워킹홀리데이 비자로 거주하면서, 셰어하우스에서 여러 외국인과 함께 살았습니다. 덕택에 다양한 외국어를 들을 기회가 많았어요. 자국인끼리는 모국어로 대화하고, 외국인과는 영어로 대화하는 식이었습니다. 셰어하우스에 사는 친구 대부분이 영어를 모어로 쓰지 않는 사람들이다 보니, 영어로 대화하는 중에도 각종 오해가 발생했습니다.

사실은 어떤 언어를 쓰든 간에 우리는 모두 타인의

말을 오해하지 않나요. 타인의 말을 자신의 방식으로 해석한 뒤, 그 해석을 현실이라고 받아들이곤 하죠. 외국어로 나누는 대화는 그 같은 '제멋대로 해석'이 일어나는 과정을 더 정면으로 보여주는 것 같습니다.

「강가/Ganga」에 등장하는 이들 대부분은 영어로 대화합니다. 소설 내에서 이 말들은 모조리 한국어로 번역되어 있습니다. 이 번역은 강가가 한 것입니다. 의도적으로 번역한 것은 아닙니다. 제가 외국어를 쓰는 친구와 함께 대화한 기억을 한국어로 떠올리듯이, 강가 역시 그 순간을 경험하고 모어로 소화한 거겠죠. 어떤 단어들은 영어의 음차를 그대로 옮겨두었습니다. 어떤 단어들은 그 의미보다 발음의 뉘앙스로 확 느껴지곤 하잖아요. 어떤 단어나 문장은 강가의 번역 없이 그 말을 맞닥뜨릴 수 있도록, 그리하여 각자의 방식으로 읽어주시길 바랐습니다.

분명 서로 최선을 다하고 있는데도, 말이 엇갈리거나 오해가 발생하는 대화들이 있잖아요. 저는 그럴 때 정말로 저와 상대가 다른 땅에서 자라났구나, 느끼곤 합니다. 분명히 같은 단어를 쓰고 있는데, 그 단어를 이해하고 받아들이는 과정은 전혀 달라요. 그런데 또 그렇게 더듬거리다 보면, 아주 잠시나마 상대와 마음이 겹쳐지는 순간도 있습니다. 보통 그런 순간에 사람들은 친구가 되지 않나 합니다. 강가도 그런 더듬거리는 과정을 거치는 중이길 바랍니다.

홍성희 ‘나’가 선택한 ‘강가’라는 이름은 소설에서 소개된 의미들 모두에서, 어느 한 부류에 온전히 속하지 않고 외려 분리된 세계들을 가로지르거나 연결한다는 의미를 가지고 있는 것 같아요. ‘강가’라는 말 자체가 한자어 ‘강(江)’과 한글 ‘가’의 합성어이기도, ‘강가(降嫁)하다’라는 뜻의 한자어이기도, ‘ganga’라고 읽히는 힌디어 ‘गंगा’이기도 해서, ‘강가’라는 하나의 소리로 서로 다른 언어와 의미들이 연결되고 있기도 하고요. 그런데 ‘나’가 이 이름을 선택한 이유에는 연결감보다는 균형감이 더 중요하게 작용하고 있는 것으로 보였어요. 여자인지 남자인지 함부로 가늠하기 어려운 호텔 직원의 얼굴이 “어느 쪽으로 치우치지 않아서” ‘강가’를 ‘안심시킨다’는 표현에서처럼, ‘나’는 서로 다른 것들이 어떤 위계나 순서의 구분 없이 동시에 있는 상태에서 안전함을 찾고자 하고, 이때 ‘안심’ 혹은 안전함이란 ‘책임이 없는’ 상태를 의미한다고 느껴졌습니다. ‘나’는 끝내 ‘강가’라는 이름을 스스로 발음하지도, 타인에게 그 이름으로 불리지도 못하지만, “Ganga”라고 방문에 적어 붙인 글자들은 “잘 지은 집처럼 견고해 보인다”라고 표현이 되기도 하는데요. 소설의 제목을 “강가/Ganga”로 정하면서 어떤 의미를 담고자 했는지 여쭈어보고 싶습니다.

함윤이 뉴질랜드의 남섬과 북섬에 두루 거주하면서, 제약 공장과 사과 농장 그리고 토마토 공장에서 일했는데요. 일터에서 만난 사람들 대부분은 저와 같은 아시아인이었습니다. 홍콩, 대만, 말레이시아, 중국, 일본 등에서 온 친구들이었죠. 그들 대부분 '국제 이름', 그러니까 '영어 이름'을 썼습니다. 그게 아시아인만의 유행인지, 아니면 다른 국가 사람들도 그런 것인지는 모르겠네요.

제가 보기에 그 '이름 짓기'는 일종의 제의 같았어요. 그들이 말하듯 현지인들이 자신의 이름을 편하게 부르라고 만들었다기보다, 새 땅에 사는 자신을 축복하기 위하여 이름을 짓는 것처럼 보였어요. 친구들이 만든 이름 중에는 정말로 이상한 이름도 종종 있었는데요. 예컨대 애플, 누들, 프린세스, 레인보우 같은…… 색깔이 독한 이름들을 자신에게 씌웠습니다. 어쩌면 평론가님께서 말씀해주셨듯, 그 속에 자신을 숨기고 싶었는지도 모르겠네요. 그 이름이 어떤 방식으로든 그들을 보호해줬다는 것만은 확실합니다.

하여간 처음에는 정말 이상한 이름이라 생각하던 것들도, 몇 차례 부르고 보니 금세 익숙해졌습니다. 나중에는 그들의 본명이 더 어색하게 느껴졌죠.

'이름 짓기'의 기억 탓에 이 소설을 쓰게 된 건 아닙니다. 다만 '아무도 자신을 모르는 땅에서 스스로 새 이름을 지어주는 인물의 이야기'를 쓰다 보니, 뉴질랜드에서 만난 친구들과 그 이름이 자연스레 영향을 주지 않았나 합니다. 그들이 이름으로 자신을 새로 정의하고 보호하는 모습이 인상적이었나 봐요.

소설에 적었듯 '강가'는 아주 여러 의미가 있는 단

어이며, 그 의미들은 각각의 방식으로 매력적입니다. 이름이 가진 겹겹의 의미를 표현하고 싶어서 한글과 알파벳을 모두 적기로 했고요. 게다가 제 머릿속에서 이 소설을 떠올릴 때면, 늘 '강가'라고 부르고 있더라고요. 그 느낌을 좇는 게 맞다고 생각해서, 주인공의 한글/알파벳 이름을 제목으로 잡았습니다.

홍성희　　짧은 지면이지만 작가님의 세계를 더 잘 이해할 수 있도록 마음 써 답변해주셔서 감사드립니다. 마지막으로 최근에는 어떤 이야기에 관심을 가지고 계신지 궁금해요. 앞으로의 창작 계획을 간단히 소개해주실 수 있을까요?

함윤이　　올해는 홀로 쓰는 소설에 집중해보려 합니다. 여러 사람이 등장하고 장소도 휙휙 바뀌고 사건들이 연달아 일어나는데 알고 보니 타당하게 연결되는, 아주 정통적인 서사를 써보고 싶습니다. 시간이 갈수록 구조적으로 잘 짜인 이야기를 만드는 게 가장 어렵다는 생각이 들어서요. 저는 오래 묵은 이야기들을 좋아하는데, 그들과 어느 정도 맞닿는 소설을 쓴다면 정말로 기쁘겠습니다.

물론 앞으로도 협업은 계속할 예정입니다. 보통 소설가라고 하면 '1인 창작자'라는 인식이 강한데요. 여러 프로젝트를 하다 보니 '협업자로서의 소설가는 불가능한가?'라는 생각이 들었습니다. 저는 홀로 쓰는 소설과 협업으로 쓰는 소설 간의 경계를 명확히 그어두는 편인데요. 홀로 쓰는 소설로 (앞서 말했듯이) 구조가 분명한 이야기를 선호한다면, 협업에서 쓰는 소설은 전체 프로젝트 내에서 '사용되는' 편이 더 좋습니다. 소설의 몸이 협업 내 여러 매체 혹은 장르와 뒤섞이거나 변질되는 순간에 흥미를 느낍니다. 둘은 아주 다른 방향이지만, 각자의 방식으로 잘해보고 싶네요.

수록 작품 발표 지면

포기 『현대문학』 2022년 1월호

모래 고모와 목경과 무경의 모험 『문학과사회』 2022년 봄호

강가/Ganga 『악스트』 2022년 3/4월호